ALFAGUARA

Cuentos LATINO AMERICANOS

Cuentos LATINO AMERICANOS

Antología

Selección y prólogo
de Conrado Zuluaga

**Jorge Luis Borges
Alejo Carpentier
Julio Cortázar
Juan Rulfo
Adolfo Bioy Casares
Gabriel García Márquez**

ALFAGUARA

CUENTOS LATINOAMERICANOS. ANTOLOGÍA
D. R. © Del texto: "Hombre de la esquina rosada" en *Historia universal de la infamia*,
Jorge Luis Borges 1954, en *Obras completas*, Emecé Editores, S.A., 1974. 1989,
María Kodama y Emecé Éditores, S.A.
D. R. © "Los fugitivos", en Guerra del tiempo, Alejo Carprentier, 1970
D. R. © "Autopista del sur" en *Todos los fuegos el fuego*, Julio Cortázar, 1966 y
Herederos de Julio Cortázar.
D. R. © "Nos han dado la tierra", *El llano en llamas*, Juan Rulfo, 1953 y Herederos
de Juan Rulfo
D. R. © "Recuerdo de las sierras", en *Historias de amor*, Adolfo Bioy Casares, 1972.
D. R. © "En este pueblo no hay ladrones", en *Los funerales de Mamá Grande*,
Gabriel García Márquez, 1962.

ALFAGUARA MR

De la edición colombiana:
D. R. © Editorial Santillana, S.A., 1993
Calle 80 No. 10-23, Santafé de Bogotá, Colombia.

De esta edición:
D. R. © Aguilar, Altea, Taurus, Alfaguara, S.A. de C.V., 1996
Av. Universidad 767, Col. del Valle
México, 03100, D.F. Teléfono 688 8966
www.alfaguara.com.mx

• Distribuidora y Editora Aguilar, Altea,Taurus, Alfaguara, S.A.
  Calle 80 No. 10-23. Santafé de Bogotá, Colombia
  Tel: 6 35 12 00
• Santillana S.A.
  Torrelaguna, 60-28043. Madrid
• Santillana S.A., Avda. San Felipe 731. Lima.
• Editorial Santillana S.A.
  Av. Rómulo Gallegos, Edif. Zulia 1er. piso
  Boleita Nte. Caracas 1071. Venezuela.
• Editorial Santillana Inc.
  P.O. Box 5462 Hato Rey, Puerto Rico, 00919.
• Santillana Publishing Company Inc.
  2043 N. W. 86 th Avenue Miami, Fl., 33172 USA.
• Ediciones Santillana S.A. (ROU)
  Javier de Viana 2350, Montevideo 11200, Uruguay.
• Aguilar, Altea, Taurus, Alfaguara, S.A.
  Beazley 3860, 1437. Buenos Aires.
• Aguilar Chilena de Ediciones Ltda.
  Dr. Aníbal Ariztía 1444.
  Providencia, Santiago de Chile. Tel. 600 731 10 03
• Santillana de Costa Rica, S.A.
  Apdo. Postal 878-150, San José 1671-2050, Costa Rica.

Primera reimpresión en México: diciembre de 1996
Novena reimpresión: junio de 2001

ISBN: 968-19-0319-6

D. R. © Diseño de la colección: José Crespo, Rosa Marín y Jesús Sanz
D. R. © Diseño de la cubierta: Nicolás Chirokoff. Latin Freak System, S.A. de C.V.

Impreso en México

INDICE

PROLOGO

Alguien señaló, en cierta ocasión, que la diferencia que puede percibir-se, a primera vista, entre un cuento y una novela, es la misma que existe entre una fotografía y una película. En verdad, el asunto no es tanto de diferencia sino, más bien, de proporción: un cuento es a una novela, como una fotografía es a una película. En la novela y en la película se trata de historias totales, explícitas en sentido amplio, completas. En cambio, en el caso del cuento y la fotografía, lo más importante es todo aquello que no se dice, lo que apenas está sugerido por el lenguaje, lo que insinúan los personajes, pero que desborda el marco de la fotografía o los límites rigurosos del cuento. Para quienes admiran este género y lo disfrutan con placer, en ese último aspecto radica buena parte de su encanto: en lo que se dice sin decir, en su poder sugerente, en su violenta capacidad sugestiva e insinuante, dejando al lector en plena libertad para completar, redondear, a su gusto, el relato que ha concluido, tanto en lo que atañe al antes como al después.

Alguna vez, cuando Cortázar teorizó sobre el cuento, y lo hizo con una clarividencia y una precisión asombrosa (es tan difícil hablar de lo que se ama), anotó que él optaba por el cuento porque la novela transformaba la vida en destino. En otras palabras, que la novela, por su propósito totalitario, por su forma acabada y por la actitud omnis-ciente del autor (conoce de antemano la trayectoria y el desenlace de lo narrado) despoja a la materia narrativa del azar, un ingrediente imprescindible en la vida de los personajes, tan necesario como lo es para la vida del lector. El cuento, en cambio, por su naturaleza misma, *al sugerir, al insinuar, al trasponer sus límites estrictos, al decir cuando calla, multiplica las alternativas, desarrolla las posibilidades. Es, pues, una estructura abierta.*

La presente antología ofrece seis miradas distintas y cada una de ellas opta por una forma peculiar para provocar en el lector su imaginación, para sugerir alternancias, insinuar posibilidades, formular equívocos, o encontrar definidas oscuridades o engañosas claridades. Este aspecto es crucial, si se quiere comprender uno de los rasgos en los que radica parte del inmenso poder de atracción que ejerce el cuento sobre los lectores y uno de los obstáculos más serios para quienes se aventuran a escribirlos. Hemingway, quien escribió algunos buenos cuentos, aunque no tantos como Faulkner, sostenía que todos ellos empezaron por la poesía y ante los tropiezos sufridos optaron por el cuento y luego de probar suerte y descubrir sus dificultades, terminaron por resignarse a la novela.

En esta oportunidad, varios de los autores seleccionados fueron poetas de una inmensa calidad. Borges, por ejemplo, es sin lugar a dudas uno de los más grandes poetas que ha dado el idioma español. Nunca fue novelista, pero incursionó en muchos terrenos, particularmente en el de hacer literatura con sus vastos conocimientos y sus infinitas lecturas. Cortázar, por su parte, trabajó con todos los géneros y en todos ellos lo hizo con envidiable calidad. En la novela, en el cuento, en la poesía, en el ensayo, Cortázar nos legó títulos maravillosos. Rulfo, armado de una prudencia a toda prueba, se limitó a una novela de un poco más de cien páginas y un libro de cuentos de otras tantas, y recomendó a los jóvenes escritores que renunciaran a ese oficio porque escribir era un martirio. Carpentier tampoco incursionó en la poesía, pero nos legó una obra maravillosa por lo diversa y rica en el manejo abrumador del lenguaje y la temática histórica. Bioy Casares todavía sorprende, de cuando en cuando, a los lectores con un nuevo título (cuento o novela) que él sigue produciendo, tal vez para llenar el vacío que debió dejarle Borges desde su muerte. Y, por último, parece ser que en su juventud, García Márquez hizo poesía; pero no se sabe a ciencia cierta, de lo que sí hay certeza, por sus mismas declaraciones, es que la leyó sin descanso, pero sus inclinaciones posteriores han ido por otras vertientes, más encaminadas a la solución gráfica y visual de su personal lenguaje poético.

Seis escritores, entonces, de gran estatura, que constituirán, para cualquier lector ávido, verdaderas revelaciones por su indiscutible capacidad para construir, con la palabra, reducidos universos de ficción. Borges anotó, alguna vez, que para él constituía un desvarío laborioso y empobrecedor el de extender indefinidamente una idea, una imagen, una circunstancia que bien podría caber, perfectamente, en 500 líneas.

Conrado Zuluaga Osorio

Hombre de la esquina rosada

Jorge Luis Borges

HOMBRE DE LA
ESQUINA ROSADA

A Enrique Amorim

Amí, tan luego, hablarme del finado Francisco
Real. Yo lo conocí, y eso que éstos no eran sus
barrios porque él sabía tallar más bien por el Norte,
por esos laos de la laguna de Guadalupe y la Batería.
Arriba de tres veces no lo traté, y ésas en una misma
noche, pero es noche que no se me olvidará, como
que en ella vino la Lujanera porque sí, a dormir en
mi rancho y Rosendo Juárez dejó, para no volver,
el Arroyo. A ustedes, claro que les falta la debida
esperiencia para reconocer ese nombre, pero Rosendo Juárez el Pegador, era de los que pisaban
más fuerte por Villa Santa Rita. Mozo acreditao para
el cuchillo era uno de los hombres de D. Nicolás
Paredes, que era uno de los hombres de Morel.
Sabía llegar de lo más paquete al quilombo, en un
oscuro, con las prendas de plata; los hombres y los
perros lo respetaban y las chinas también; nadie

inoraba que estaba debiendo dos muertes; usaba un chambergo alto, de ala finita, sobre la melena grasienta; la suerte lo mimaba, como quien dice. Los mozos de la Villa le copiábamos hasta el modo de escupir. Sin embargo, una noche nos ilustró la verdadera condición de Rosendo.

Parece cuento, pero la historia de esa noche rarísima empezó por un placero insolente de ruedas coloradas, lleno hasta el tope de hombres, que iba a los barquinazos por esos callejones de barro duro, entre los hornos de ladrillo y los huecos, y dos de negro, déle guitarriar y aturdir, y el del pescante que les tiraba un fustazo a los perros sueltos que se le atravesaban al moro, y un emponchado iba silencioso en el medio, y ése era el Corralero de tantas mentas, y el hombre iba a peliar y a matar. La noche era una bendición de tan fresca; dos de ellos iban sobre la capota volcada, como si la soledá juera un corso. Ese jué el primer sucedido de tantos que hubo, pero recién después lo supimos. Los muchachos estábamos dende temprano en el salón de Julia, que era un galpón de chapas de cinc, entre el camino de Gauna y el Maldonado. Era un local que usté lo divisaba de lejos, por la luz que mandaba a la redonda el farol sinvergüenza, y por el barullo también. La Julia, aunque de humilde color, era de lo más conciente y formal, así que no faltaban musicantes, güen beberaje y compañeras resistentes pal baile. Pero la Lujanera, que era la mujer de Rosendo, las sobraba lejos a todas. Se murió, señor, y digo que hay años en que ni pienso en ella, pero había que verla en sus días, con esos ojos. Verla, no daba sueño.

La caña, la milonga, el hembraje, una condescendiente mala palabra de boca de Rosendo, una palmada suya en el montón que yo trataba de sentir

como una amistá: la cosa es que yo estaba lo más
feliz. Me tocó una compañera muy seguidora, que
iba como adivinándome la intención. El tango hacía
su voluntá con nosotros y nos arriaba y nos perdía
y nos ordenaba y nos volvía a encontrar. En esa
diversión estaban los hombres, lo mismo que en
un sueño, cuando de golpe me pareció crecida la
música, y era que ya se entreveraba con ella la de
los guitarreros del coche, cada vez más cercano.
Después, la brisa que la trajo tiró por otro rumbo,
y volví a atender a mi cuerpo y al de la compañera
y a las conversaciones del baile. Al rato largo llamaron a la puerta con autoridá, un golpe y una voz.
En seguida un silencio general, una pechada pode-
rosa a la puerta y el hombre estaba adentro. El
hombre era parecido a la voz.

Para nosotros no era todavía Francisco Real,
pero sí un tipo alto, fornido, trajeado enteramente
de negro, y una chalina de color como bayo, echada
sobre el hombro. La cara recuerdo que era aindiada,
esquinada.

Me golpeó la hoja de la puerta al abrirse. De
puro atolondrado me le juí encima y le encajé la
zurda en la facha, mientras con la derecha sacaba
el cuchillo filoso que cargaba en la sisa del chaleco,
junto al sobaco izquierdo. Poco iba a durarme la
atropellada. El hombre, para afirmarse, estiró los
brazos y me hizo a un lado, como despidiéndose
de un estorbo. Me dejó agachado detrás, todavía
con la mano abajo del saco, sobre el arma inservible.
Siguió como si tal cosa, adelante. Siguió, siempre
más alto que cualquiera de los que iba desapartan-
do, siempre como sin ver. Los primeros –puro ita-
lianaje mirón– se abrieron como abanico, apurados.
La cosa no duró. En el montón siguiente ya estaba
el Inglés esperándolo, y antes de sentir en el hom-

bro la mano del forastero, se le durmió con un planazo que tenía listo. Jué ver ese planazo y jué venírsele ya todos al humo. El establecimiento tenía más de muchas varas de fondo, y lo arriaron como un cristo, casi de punta a punta, a pechadas, a silbidos y a salivazos. Primero le tiraron trompadas, después, al ver que ni se atajaba los golpes, puras cachetadas a mano abierta o con el fleco inofensivo de las chalinas, como riéndose de él. También, como reservándolo pa Rosendo, que no se había movido para eso de la paré del fondo, en la que hacía espaldas, callado. Pitaba con apuro su cigarrillo, como si ya entendiera lo que vimos claro después. El Corralero fue empujado hasta él, firme y ensangrentado, con ese viento de chamuchina pifiadora detrás. Silbando, chicoteado, escupido, recién habló cuando se enfrentó con Rosendo. Entonces lo miró y se despejó la cara con el antebrazo y dijo estas cosas:

—Yo soy Francisco Real, un hombre del Norte. Yo soy Francisco Real, que le dicen el Corralero. Yo les he consentido a estos infelices que me alzaran la mano, porque lo que estoy buscando es un hombre. Andan por ahí unos bolaceros diciendo que en estos andurriales hay uno que tiene mentas de cuchillero, y de malo, y que le dicen el Pegador. Quiero encontrarlo pa que me enseñe a mí, que soy naides, lo que es un hombre de coraje y de vista.

Dijo esas cosas y no le quitó los ojos de encima. Ahora le relucía un cuchillón en la mano derecha, que en fija lo había traído en la manga. Alrededor se habían ido abriendo los que empujaron, y todos los mirábamos a los dos, en un gran silencio. Hasta la jeta del mulato ciego que tocaba el violín, acataba ese rumbo.

En eso, oigo que se desplazaban atrás, y me veo en el marco de la puerta seis o siete hombres, que serían la barra del Corralero. El más viejo, un hombre apaisanado, curtido, de bigote entrecano, se adelantó para quedarse como encandilado por tanto hembraje y tanta luz, y se descubrió con respeto. Los otros vigilaban, listos para dentrar a tallar si el juego no era limpio.

¿Qué le pasaba mientras tanto a Rosendo, que no lo sacaba pisotiando a ese balaquero? Seguía callado, sin alzarle los ojos. El cigarro no sé si lo escupió o si se le cayó de la cara. Al fin pudo acertar con unas palabras, pero tan despacio que a los de la otra punta del salón no nos alcanzó lo que dijo. Volvió Francisco Real a desafiarlo y él a negarse. Entonces, el más muchacho de los forasteros silbó. La Lujanera lo miró aborreciéndolo y se abrió paso con la crencha en la espalda, entre el carreraje y las chinas, y se jué a su hombre y le metió la mano en el pecho y le sacó el cuchillo desenvainado y se lo dio con estas palabras:

—Rosendo, creo que lo estarás precisando.

A la altura del techo había una especie de ventana alargada que miraba al arroyo. Con las dos manos recibió Rosendo el cuchillo y lo filió como si no lo reconociera. Se empinó de golpe hacia atrás y voló el cuchillo derecho y fue a perderse ajuera, en el Maldonado. Yo sentí como un frío.

—De asco no te carneo —dijo el otro, y alzó, para castigarlo, la mano. Entonces la Lujanera se le prendió y le echó los brazos al cuello y lo miró con esos ojos y le dijo con ira:

—Déjalo a ése, que nos hizo creer que era un hombre.

Francisco Real se quedó perplejo un espacio y luego la abrazó como para siempre y les gritó a los musicantes que le metieran tango y milonga y a los demás de la diversión, que bailáramos. La milonga corrió como un incendio de punta a punta. Real bailaba muy grave, pero sin ninguna luz, ya pudiéndola. Llegaron a la puerta y gritó:

—¡Vayan abriendo cancha, señores, que la llevo dormida!

Dijo, y salieron sien con sien, como en la marejada del tango, como si los perdiera el tango.

Debí ponerme colorao de vergüenza. Di unas vueltitas con alguna mujer y la planté de golpe. Inventé que era por el calor y por la apretura y juí orillando la paré hasta salir. Linda la noche, ¿para quién? A la vuelta del callejón estaba el placero, con el par de guitarras derechas en el asiento, como cristianos. Dentré a amargarme de que las descuidaran así, como si ni pa recoger changangos sirviéramos. Me dio coraje de sentir que no éramos naides. Un manotón a mi clavel de atrás de la oreja y lo tiré a un charquito y me quedé un espacio mirándolo, como para no pensar en más nada. Yo hubiera querido estar de una vez en el día siguiente, yo me quería salir de esa noche. En eso, me pegaron un codazo que jue casi un alivio. Era Rosendo, que se escurría solo del barrio.

—Vos siempre has de servir de estorbo, pendejo —me rezongó al pasar, no sé si para desahogarse, o ajeno. Agarró el lado más oscuro, el del Maldonado; no lo volví a ver más.

Me quedé mirando esas cosas de toda la vida —cielo hasta decir basta, el arroyo que se emperraba solo ahí abajo, un caballo dormido, el callejón de tierra, los hornos— y pensé que yo era apenas otro yuyo de esas orillas, criado entre las flores de sapo y las osamentas. ¿Qué iba a salir de esa basura sino nosotros, gritones pero blandos para el castigo, boca y atropellada no más? Sentí después que no, que el barrio cuanto más aporriao, más obligación de ser guapo. ¿Basura? La milonga, déle loquiar, y déle bochinchar en las casas, y traía olor a madreselvas el viento. Linda al ñudo la noche. Había de estrellas como para marearse mirándolas, unas encima de otras. Yo forcejiaba por sentir que a mí no me representaba nada el asunto, pero la cobardía de Rosendo y el coraje insufrible del forastero no me querían dejar. Hasta de una mujer para esa noche se había podido aviar el hombre alto. Para ésa y para muchas, pensé, y tal vez para todas, porque la Lujanera era cosa seria. Sabe Dios qué lado agarraron. Muy lejos no podían estar. A lo mejor ya se estaban empleando los dos, en cualesquiera cuneta.

Cuando alcancé a volver, seguía como si tal cosa el bailongo.

Haciéndome el chiquito, me entreveré en el montón, y vi que alguno de los nuestros había rajado y que los norteros tangueaban junto con los demás. Codazos y encontrones no había, pero sí recelo y decencia. La música parecía dormilona, las mujeres que tangueaban con los del Norte, no decían esta boca es mía.

Yo esperaba algo, pero no lo que sucedió.

Ajuera oímos una mujer que lloraba, y después la voz que ya conocíamos, pero serena, casi demasiado serena, como si ya no juera de alguien, diciéndole:

—Entrá, m'hija —y luego otro llanto. Luego la voz como si empezara a desesperarse.

–¡Abrí te digo, abrí guacha arrastrada, abrí, perra! –Se abrió en eso la puerta tembleque, y entró la Lujanera, sola. Entró mandada, como si viniera arreándola alguno.

–La está mandando un ánima –dijo el Inglés.

–Un muerto, amigo –dijo entonces el Corralero. El rostro era como de borracho. Entró, y en la cancha que le abrimos todos, como antes, dio unos pasos mareados –alto, sin ver– y se fue al suelo de una vez, como poste. Uno de los que vinieron con él, lo acostó de espaldas y le acomodó el ponchito de almohada. Esos ausilios lo ensuciaron de sangre. Vimos entonces que traiba una herida juerte en el pecho; la sangre le encharcaba y ennegrecía un lengue punzó que antes no lo oservé, porque lo tapó la chalina. Para la primera cura, una de las mujeres trujo caña y unos trapos quemados. El hombre no estaba para esplicar. La Lujanera lo miraba como perdida, con los brazos colgando. Todos estaban preguntándose con la cara y ella consiguió hablar. Dijo que luego de salir con el Corralero, se jueron a un campito, y que en eso cae un desconocido y lo llama como desesperado a pelear y le infiere esa puñalada y que ella jura que no sabe quién es y que no es Rosendo. ¿Quién le iba a creer?

El hombre a nuestros pies se moría. Yo pensé que no le había temblado el pulso al que lo arregló. El hombre, sin embargo, era duro. Cuando golpeó, la Julia había estao cebando unos mates y el mate dio la vuelta redonda y volvió a mi mano, antes que falleciera. «Tápenme la cara», dijo despacio, cuando no pudo más. Sólo le quedaba el orgullo y no iba a consentir que le curiosearan los visajes de la agonía. Alguien le puso encima el chambergo negro, que era de copa altísima. Se murió abajo del chambergo, sin queja. Cuando el pecho acostado dejó de subir y bajar, se animaron a descubrirlo. Tenía ese aire fatigado de los difuntos; era de los hombres de más coraje que hubo en aquel entonces, dende la Batería hasta el Sur; en cuanto lo supe muerto y sin habla, le perdí el odio.

–Para morir no se precisa más que estar vivo –dijo una del montón, y otra, pensativa también:

–Tanta soberbia el hombre, y no sirve más que pa juntar moscas.

Entonces los norteros jueron diciéndose una cosa despacio y dos a un tiempo la repitieron juerte después:

–Lo mató la mujer.

Uno le gritó en la cara si era ella, y todos la cercaron. Ya me olvidé que tenía que prudenciar y me les atravesé como luz. De atolondrado, casi pelo el fiyingo. Sentí que muchos me miraban, para no decir todos. Dije como con sorna:

–Fijensén en las manos de esa mujer. ¿Qué pulso ni qué corazón va a tener para clavar una puñalada?

Añadí, medio desganado de guapo:

–¿Quién iba a soñar que el finao, que asegún dicen, era malo en su barrio, juera a concluir de una manera tan bruta y en un lugar tan enteramente muerto como éste, ande no pasa nada, cuando no cae alguno de ajuera para distrairnos y queda para la escupida después?

El cuero no le pidió biaba a ninguno.

En eso iba creciendo en la soledá un ruido de jinetes. Era la policía. Quien más, quien menos, todos tendrían su razón para no buscar ese trato, porque determinaron que lo mejor era traspasar el muerto al arroyo. Recordarán ustedes aquella ventana alargada por la que pasó en un brillo el puñal. Por ahí pasó después el hombre de negro. Lo levantaron entre muchos y de cuanto centavos y cuanta zoncera tenía, lo alijeraron esas manos y alguno le hachó un dedo para refalarle el anillo. Aprovechadores, señor, que así se le animaban a un pobre dijunto indefenso, después que lo arregló otro más hombre. Un envión y el agua torrentosa y sufrida se lo llevó. Para que no sobrenadara, no sé si le arrancaron las vísceras, porque preferí no mirar. El de bigote gris no me quitaba los ojos. La Lujanera aprovechó el apuro para salir.

Cuando echaron su vistazo los de la ley, el baile estaba medio animado. El ciego del violín le sabía sacar unas habaneras de las que ya no se oyen. Ajuera estaba queriendo clariar. Unos postes de ñandubay sobre una lomada estaban como sueltos, porque los alambrados finitos no se dejaban divisar tan temprano.

Yo me fui tranquilo a mi rancho, que estaba a unas tres cuadras. Ardía en la ventana una lucesita, que se apagó en seguida. De juro me apuré a llegar, cuando me di cuenta. Entonces, Borges, volví a sacar el cuchillo corto y filoso que yo sabía cargar aquí, en el chaleco, junto al sobaco izquierdo, y le pegué otra revisada despacio, y estaba como nuevo, inocente, y no quedaba ni un rastrito de sangre.

Los fugitivos

Alejo Carpentier

LOS FUGITIVOS

Premio del concurso de cuentos de
El Nacional, de Caracas, 1946

I

El rastro moría al pie de un árbol. Cierto era que había un fuerte olor a negro en el aire, cada vez que la brisa levantaba las moscas que trabajaban en oquedades de frutas podridas. Pero el perro —nunca lo habían llamado sino Perro— estaba cansado. Se revolcó entre las yerbas para desrizarse el lomo y aflojar los músculos. Muy lejos, los gritos de los de la cuadrilla se perdían en el atardecer. Seguía oliendo a negro. Tal vez el cimarrón estaba escondido arriba, en alguna parte, a horcajadas sobre una rama, escuchando con los ojos. Sin embargo, Perro no pensaba ya en la batida. Había otro olor ahí, en la tierra vestida de bejuqueras que un próximo roce borraría tal vez para siempre. Olor a hembra. Olor que Perro se prendía del Lomo, retorciéndose patas arriba, riendo por el colmillo, para llevarlo encima y poder alargar una lengua demasiado ort͏ hacia el hueco que separaba sus omóplatos.

Las sombras se hacían más húmedas. Perro se volteó, cayendo sobre sus patas. Las campanas del ingenio, volando despacio, le enderezaron las orejas. En el valle, la neblina y el humo eran una misma inmovilidad azulosa sobre la que flotaban, cada vez más silueteadas, una chimenea de ladrillos, un techo de grandes aleros, la torre de la iglesia y luces que parecían encenderse en el fondo de un lago. Perro tenía hambre. Pero hacia allá olía a hembra. A veces lo envolvía aún el olor a negro. Pero el olor de su propio celo, llamado por el olor de otro celo, se imponía a todo lo demás. Las patas traseras de Perro se espigaron, haciéndole alargar el cuello. Su vientre se hundía, al pie del costillar, en el ritmo de un jadear corto y ansioso. Las frutas, demasiado llenas de sol, caían aquí y allá con un ruido mojado, esparciendo, a ras del suelo, efluvios de pulpas tibias.

Perro echó a correr hacia el monte, con la cola gacha, como perseguido por la tralla del mayoral, contrariando su propio sentido de la orientación. Perro olía a hembra. Su hocico seguía una estela sinuosa que a veces volvía sobre sí misma, abandonaba el sendero, se intensificaba en las espinas de un aromo, se perdía en las hojas demasiado agriadas por la fermentación, y renacía, con inesperada fuerza, sobre un poco de tierra recién barrida por una cola. De pronto, Perro se desvió de la pista invisible, del hilo que se torcía y destorcía, para arrojarse sobre un hurón. Con dos sacudidas que sonaron a castañuela en un guante, le quebró la columna vertebral, arrojándolo contra un tronco.

Perro se detuvo de súbito, dejando una pata en suspenso. Unos ladridos, muy lejanos, descendían de la montaña.

No eran los de la jauría del ingenio. El acento era distinto, mucho más áspero y desgarrado, salido del fondo del gaznate, enronquecido por fauces potentes. En alguna parte se libraba una batalla de machos que no llevaban, como Perro, un collar de cobre con una placa numerada. Ante esas voces desconocidas, mucho más alobonadas que todo lo que hasta entonces había oído, Perro tuvo miedo. Echó a correr en sentido inverso, hasta que las plantas se pintaron de luna. Ya no olía a hembra. Olía a negro. Y ahí estaba el negro, en efecto, con su calzón rayado, boca abajo, dormido. Perro estuvo por arrojarse sobre él siguiendo una consigna lanzada de madrugada, en medio de un gran revuelo de látigos, allá donde había calderos y literas de paja. Pero arriba, no se sabía dónde, proseguía la pelea de machos. Al lado del cimarrón quedaban huesos de costilla roídas. Perro se acercó lentamente, con las orejas desconfiadas, decidido a arrebatar a las hormigas algún sabor a carne. Además, aquellos otros perros de un ladrar tan feroz, lo asustaban. Más valía permanecer, por ahora, al lado del hombre. Y escuchar. El viento del sur, sin embargo, acabó por llevarse la amenaza. Perro dio tres vueltas sobre sí mismo y se ovilló rendido. Sus patas corrieron un sueño malo. Al alba, Cimarrón le echó un brazo por encima, con gesto de quien ha dormido mucho con mujeres. Perro se arrimó a su pecho, buscando calor. Ambos seguían en plena fuga, con los nervios estremecidos por una misma pesadilla.

Una araña, que había descendido para ver mejor, recogió el hilo y se perdió en la copa del almendro, cuyas hojas comenzaban a salir de la noche.

II

Por hábito, Cimarrón y Perro se despertaron cuando sonó la campana del ingenio. La revelación de que habían dormido juntos, cuerpo con cuerpo, los enderezó de un salto. Después de adosarse a dos troncos, se miraron largamente. Perro ofreciéndose a tomar dueño. El negro ansioso de recuperar alguna amistad. El valle se desperezaba. A la apremiante espadaña, destinada a los esclavos, respondía ahora, más lento, el bordón armoriado de la capilla, cuyo verdín se mecía de sombra a sol sobre un fondo de mugidos y relinchos, como indulgente aviso a los que dormían en altos lechos de caoba. Los gallos rondaban a las gallinas para cubrirlas temprano, en espera de que el meñique de la mayorala se cerciorase de la presencia de huevos aún sin poner. Un pavo real hacía la rueda sobre la casa-vivienda, encendiéndose, con un grito, en cada vuelta y revuelta. Los caballos del trapiche iniciaban su largo viaje en redondo. Los esclavos oraban frente a cazuelas llenas de pan con guarapo. Cimarrón se abrió la bragueta, dejando un reguero de espuma entre las raíces de una ceiba. Perro alzó la pata sobre un guayabo tierno. Ya asomaban machetazos en los cortes de caña. Los dogos de la jauría cazadora de negros sacudían sus cadenas, impacientes por ser sacados al batey.

–¿Te vas conmigo? –preguntó Cimarrón.

Perro lo siguió dócilmente. Allá abajo había demasiados latigazos, demasiadas cadenas, para quienes regresaban arrepentidos. Ya no olía a hembra. Pero tampoco olía a negro. Ahora, Perro estaba mucho más atento al olor a blanco, olor a peligro. Porque el mayoral olía a blanco, a pesar del almidón planchado de sus guayaberas y el betún acre de sus polainas de piel de cerdo. Era el mismo olor de las señoritas de la casa, a pesar del perfume que despedían sus encajes. El olor del cura, a pesar del tufo de cera derretida y de incienso, que hacía tan desagradable la sombra, tan fresca, sin embargo, de la capilla. El mismo que llevaba el organista encima, a pesar de que los fuelles del armonio le hubiesen echado encima tantos y tantos soplos de fieltro apolillado. Había que huir ahora del olor a blanco. Perro había cambiado de bando.

III

En los primeros días, Perro y Cimarrón echaron de menos la seguridad del condumio. Perro recordaba los huesos, vaciados por cubos, en el batey, al caer la tarde. Cimarrón añoraba el congrí, traído en cubos a los barracones, después del toque de oración o cuando se guardaban los tambores del domingo. Por ello, después de dormir demasiado en las mañanas sin campanas ni patadas, se habituaron a ponerse a la caza desde el alba. Perro olfateaba una jutía oculta entre las hojas de un cedro; Cimarrón la tumbaba a pedradas. El día en que se daba con el rastro de un cochino jíbaro, había para horas y horas, hasta que la bestia, desgarradas las orejas, aturdida por tantos ladridos, pero acometiendo aún, era acorralada al pie de una peña y derribada a garrotazos. Poco a poco, Perro y Cimarrón olvidaron los tiempos en que habían comido con regularidad. Se devoraba lo que se agarrara, de una vez, engullendo lo más posible, a sabiendas de que mañana podría llover y que el agua de arriba correría entre las piedras para alfombrar mejor el fondo del valle. Por suerte, Perro sabía comer frutas. Cuando Cimarrón daba con un árbol de mango o de mamey, Perro también se pintaba el hocico de amarillo o de rojo. Además, como siempre había sido huevero, se desquitaba, con algún nido de codorniz, de la incomprensible afición del amo por los langostinos que dormían a contracorriente, a la salida del río subterráneo que se alumbraba de una boca de caracoles pertrificados.

Vivían en una caverna, bien oculta por una cortina de helechos arborescentes. Las estalactitas lloraban isócronamente, llenando las sombras frías de un ruido de relojes. Un día, Perro comenzó a escarbar al pie de una de las paredes. Pronto sus dientes sacaron un fémur y unas costillas, tan antiguas que ya no tenían sabor, rompiéndose sobre la lengua con desabrimiento de polvo amasado. Luego, llevó a Cimarrón, que se tallaba un cinto de piel de majá, un cráneo humano. A pesar de que quedasen en el hoyo unos restos de alfarería y unos rascadores de piedra que hubieran podido aprovecharse, Cimarrón, aterrorizado por la presencia de muertos en su casa, abandonó la caverna esa misma tarde, mascullando oraciones, sin pensar en la lluvia. Ambos durmieron entre raíces y semillas, envueltos en un mismo olor a perro mojado. Al amanecer buscaron una cueva de techo más bajo, donde el hombre tuvo que entrar en cuatro patas. Allí, al menos, no había huesos de aquellos que para nada servían, y sólo podían traer ñeques y apariciones de cosas malas.

Al no haber sabido de batidas en mucho tiempo, ambos empezaron a aventurarse hacia el camino. A veces, pasaba un carretero conocido, una beata vestida con el hábito de Nazareno, o un punteador de guitarra, de esos que conocen el patrón de cada pueblo, a quienes contemplaban de lejos, en silencio.

Era indudable que Cimarrón esperaba algo. Solía permanecer varias horas, de bruces, entre las hierbas de Guinea, mirando ese camino poco transitado, que una rana-toro podía medir de un gran salto. Perro se distraía en esas esperas dispersando enjambres de mariposas blancas, o intentando, a brincos, la imposible caza de un zunzún vestido de lentejuelas.

Un día que Cimarrón esperaba así algo que no llegaba, un cascabeleo de cascos lo levantó sobre las muñecas. Una volanta venía a todo trote, tirada por la jaca torda del ingenio. De pie sobre las varas, el calesero Gregorio hacía restallar el cuero, mientras el párroco agitaba la campanilla del viático a sus espaldas. Hacía tanto tiempo que Perro no se divertía en correr más pronto que los caballos, que se olvidó al punto de la discreción a que estaba obligado. Bajó la cuesta a las cuatro patas, espigado, azul bajo el sol, alcanzó el coche y se dio a ladrar por los corvejones de la jaca, a la derecha, a la izquierda, delante, pasando y volviendo a pasar, enseñando los dientes al calesero y al sacerdote. La jaca se abrió a galopar por lo alto, sacudiendo las anteojeras y tirando del bocado. De pronto, quebró una vara, arrancando el tiro. Luego de aspaventarse como peleles, el párroco y el calesero se fueron de cabeza contra el puentecillo de piedra. El polvo se tiñó de sangre.

Cimarrón llegó corriendo. Blandía un bejuco para azotar a Perro, que ya se arrastraba pidiendo perdón. Pero el negro detuvo el gesto, sorprendido por la idea de que no todo era malo en aquel percance. Se apoderó de la estola y de las ropas del cura, de la chaqueta y de las altas botas del calesero. En bolsillos y bolsillos había casi cinco duros. Además, la campanilla de plata. Los ladrones regresaron al monte. Aquella noche, arropado en la sotana, Cimarrón se dio a soñar con placeres olvidados. Recordó los quinqués, llenos de insectos muertos, que tan tarde ardían en las últimas casas del pueblo, allí donde, por dos veces, le habían dejado pedir el aguinaldo de Reyes y gastárselo como mejor le pareciera. El negro, desde luego, había optado por las mujeres.

IV

La primavera los agarró a los dos, al amanecer, Perro despertó con una tirantez insoportable entre las patas traseras y una mala expresión en los ojos. Jadeaba sin tener calor, alargando entre los colmillos una lengua que tenía filosas blanduras de lapa. Cimarrón hablaba solo. Ambos estaban de pésimo genio. Sin pensar en la caza, fueron temprano hacia el camino. Perro corría desordenadamente, buscando en vano un olor rastreable. Mataba insectos que siempre lo habían asqueado, por el placer de destruir, desgranaba espigas entre sus dientes, arrancaba arbustos tiernos. Acabó de exasperarse cuando un sapo le escupió los ojos. Cimarrón esperaba, como nunca había esperado.

Pero aquel día nadie pasó por el camino. Al caer la noche, cuando los primeros murciélagos volaron como pedradas sobre el campo, Cimarrón echó a andar lentamente hacia el caserío del ingenio. Perro lo siguió, desafiando la misma tralla y las mismas cadenas. Se fueron acercando a los barracones por el cauce de la cañada. Ya se percibía un olor, antaño familiar, de leña quemada, de lejía, de melaza, de limaduras de cascos de caballo. Debían estarse haciendo las pastas de guayaba, ya que un interminable dulzor de mermeladas era esparcido por el terral. Perro y Cimarrón seguían acercándose, lado a lado, la cabeza del hombre a la altura de la cabeza del perro.

De pronto, una negra de la dotación atravesó el sendero de la herrería. Cimarrón se arrojó sobre ella, derribándola entre las albahacas. Una ancha mano ahogó los gritos. Perro avanzó, ya sólo, hasta el lindero del batey. La perra inglesa, adquirida por don Marcial en una exposición de París, estaba allí. Hubo un intento de fuga. Perro le cortó el camino, erizado de la cola a la cabeza. Su olor a macho era tan envolvente, que la inglesa olvidó que la habían bañado, horas antes, con jabón de Castilla.

Cuando Perro regresó a la caverna, clareaba. Cimarrón dormía, arrebozado en la sotana del párroco. Allá abajo, en el río, dos manatíes retozaban entre los juncos, enturbiando la corriente con sus saltos que abrían nubes de espuma sobre los limos.

V

Cimarrón se hacía cada vez más imprudente. Rondaba, ahora, en torno a los caseríos, acechando a cualquier hora una lavandera solitaria, o una santera que buscaba culantrillo, retama o pitahaya para algún despojo. También, desde la noche en que había tenido la audacia de beberse los duros del capellán en un parador del camino, se hacía ávido de monedas. Más de una vez, en los atajos, se había llevado el cinturón de un guajiro, luego de derribarlo de su caballo y de acallarlo con una estaca. Perro lo acompañaba en esas correrías, ayudando en lo posible. Sin embargo, se comía peor que antes y, más que nunca, era necesario desquitarse con huevos de codorniz, de gallinuela o de garza. Además, Cimarrón vivía en un continuo sobresalto. Al menor ladrido de Perro, echaba mano al machete robado o se trepaba a un árbol.

Pasaba la crisis de primavera, Perro se mostraba cada vez más reacio a acercarse a los pueblos. Había demasiados niños que tiraban piedras, gente siempre dispuesta a dar de patadas y, al oler su proximidad, todos los perros de los patios lanzaban gritos de guerra. Además, Cimarrón volvía, esas noches, con el paso inseguro, y su boca despedía un olor que Perro detestaba tanto como el del tabaco. Por ello, cuando el amo entraba en una casa mal alumbrada, Perro lo esperaba a una distancia prudente. Así se fue viviendo hasta la noche en que Cimarrón se encerró demasiado tiempo en el cuarto de una mondonguera. Pronto, la choza fue rodeada de hombres cautelosos, que llevaban mochas en claro. Al poco rato, Cimarrón fue sacado a la calle, desnudo, dando tremendos alaridos. Perro, que acababa de oler al mayoral del ingenio, echó a correr al monte, por la vereda de los cañaverales.

Al día siguiente, vio pasar a Cimarrón por el camino. Estaba cubierto de heridas curadas con sal. Tenía hierros en el cuello y en los tobillos, y lo conducían cuatro números de la Benemérita de San Fernando, que le daban un baquetazo a cada dos pasos, tratándole de ladrón, de borracho y de malnacido.

VI

Sentado sobre una cornisa rocosa que dominaba el valle, Perro aullaba a la luna. Una honda tristeza

se apoderaba de él a veces, cuando aquel gran sol
frío alcanzaba su total redondez, poniendo tan des-
vaídos reflejos sobre las plantas. Se habían terminado, para él, las hogueras que solían iluminar la
caverna en noches de lluvia. Ya no conocería el
calor del hombre en el invierno que se aproximaba,
ni habría ya quien le quitara el collar de púas de
cobre, que tanto le molestaba para dormir –a pesar
de que hubiera heredado la sotana del párroco. Ca-
zando sin cesar, se había hecho más tolerante, en
cambio, con los seres que no servían para ser comi-
dos. Dejaba escapar el majá entre las piedras calientes, sin ladrar siquiera, desde que Cimarrón no estaba ahí para azuzarlo, con la esperanza de hacerse
un cinturón o de recoger manteca para untos. Además, el olor de las serpientes lo asqueaba; cuando
había agarrado alguna por la cola, era en virtud de
esas obligaciones a que todo ser que depende de
alguien se ve constreñido. Tampoco –salvo en caso
de hambre extrema– podía atreverse ya con el cochino jíbaro. Se contentaba ahora con aves de agua,
hurones, ratas, y una que otra gallina escapada de
los corrales aldeanos. Sin embargo, el ingenio estaba olvidado. Su campana había perdido todo sentido. Perro buscaba ahora el amparo de mogotes
casi inaccesibles al hombre, viviendo en un mundo
de dragos que el viento mecía con ruido de albarda
nueva, de orquídeas, de bejucos lombriz, donde se
arrastraban lagartos verdes, de orejeras blancas, de
esos que tan mal saben y, por lo mismo, permane-
cen donde están. Había enflaquecido. Sobre sus
costillares marcados en hueco, la lana apresaba gui-
sasos que ya no tenían espinas.

Con los aguinaldos, volvió la primavera. Una
tarde en que lo desvelaba un extraño desasosiego,
Perro dio nuevamente con aquel misterioso olor a
hembra, tan fuerte, tan penetrante, que había sido

la causa primera de su fuga al monte. También ahora caían ladridos de la montaña. Esta vez, Perro agarró el rastro en firme, recobrándolo luego de pasar un arroyo a nado. Ya no tenía miedo. Toda la noche siguió la huella, con la nariz pegada al suelo, largando baba por el canto de la lengua. Al amanecer, el olor llenaba toda una quebrada. El rastreador estaba frente a una jauría de perros jíbaros. Varios machos, con perfil de lobos, se apretaban ahí, relucientes los ojos, tensos sobre sus patas, listos para atacar. Detrás de ellos, se cerraba el olor a hembra.

Perro dio un gran salto. Los jíbaros se le echaron encima. Los cuerpos se encajaron, unos en otros, en un confuso remolino de ladridos. Pero pronto se oyeron los aullidos abiertos por las púas del collar. Las bocas se llenaban de sangre. Había orejas desgarradas. Cuando Perro saltó al más viejo, con la garganta desgajada, los demás retrocedieron, gruñendo con rabia inútil. Perro corrió entonces al centro del palenque, para librar la última batalla a la perra gris, de pelo duro, que lo esperaba con los colmillos fuera. El rastro moría a la sombra de su vientre.

VII

Los jíbaros cazaban en bandada. Por ello buscaban las piezas grandes, de más carne y más hueso. Cuando daban con un venado, era tarea de días. Primero, el acoso. Luego, si la bestia lograba salvar una barranca de un salto, el atajo. Luego, cuando una caverna venía en ayuda de la presa, el asedio. A pesar de herir y entortar, el animal moría siempre en dientes de la jauría, que iniciaba la ralea sobre un cuerpo vivo aún, arrancándole tiras de pelo pardo, y bebiendo una sangre, fresca a pesar de su tibieza, en las arterias del cuello o en las raíces de una oreja arrancada. Muchos de los jíbaros habían perdido un ojo, sacado por un asta, y todos estaban cubiertos por cicatrices, mataduras y peladas rojas. En los días de celo, los perros combatían entre sí, mientras las hembras esperaban, echadas, con sorprendente indiferencia, el resultado de la lucha. La campana del ingenio, cuyo diapasón era traído a veces por la brisa, no despertaba en Perro el menor recuerdo.

Un día, los jíbaros agarraron un rastro habitual en aquellas selvas de bejucos, de espinas, de plantas malvadas que envenenaban al herir. Olía a negro. Cautelosamente, los perros avanzaron por el desfiladero de los caracoles, donde se alzaba una vieja piedra con cara de muerto. Los hombres suelen dejar huesos y desperdicios por donde pasan. Pero es mejor cuidarse de ellos, porque son los animales más peligrosos, por ese andar sobre las patas traseras que les permite alargar sus gestos con palos y objetos. La jauría había dejado de ladrar.

De pronto, el hombre apareció. Olía a negro. Unas cadenas rotas, que le colgaban de las muñecas, ritmaban su paso. Otros eslabones, más gruesos, sonaban bajo los flecos del pantalón rayado. Perro reconoció a Cimarrón.

–¡Perro! –alborozó el negro–. ¡Perro!

Perro se le acercó lentamente. Le olió los pies, aunque sin dejarse tocar. Daba vueltas en torno a él, moviendo la cola. Cuando era llamado, huía. Y cuando no era llamado parecía buscar aquel sonido de voz humana que había entendido un poco, en otros tiempos, pero que ahora le sonaba tan raro, tan peligrosamente evocador de obediencias. Al fin Cimarrón dio un paso, adelantando una mano blanda hacia su cabeza. Perro lanzó un extraño grito, mezcla de ladrido sordo y de aullido, y saltó al cuello del negro.

Había recordado, de súbito, una vieja consigna dada por el mayoral del ingenio, el día que un esclavo huía al monte.

VIII

Como no olía a hembra y los tiempos eran apacibles, los jíbaros durmieron el hartazgo durante dos días. Arriba, las auras pasaban sobre las ramas, esperando que la jauría se marchara sin concluir el trabajo. Perro y la perra gris se divertían como nunca, jugando con la camisa listada de Cimarrón. Cada uno halaba por su lado, para probar la solidez de los colmillos. Cuando se desprendía una costura, ambos rodaban por el polvo. Y volvían a empezar, con el harapo cada vez más menguado, mirándose a los ojos, las narices casi juntas. Al fin, se dio la orden de partida. Los ladridos se perdieron en lo alto de las crestas arboladas.

Durante muchos años, los monteros evitaron, de noche, aquel atajo dañado por huesos y cadenas.

La autopista del sur

Julio Cortázar

LA AUTOPISTA DEL SUR

Gli automobilisti accaldati sembrano non
avere storia... Come realtà, un ingorgo
automobilistico impressiona ma non ci
dice gran che.

ARRIGO BENEDETTI, «L'Espresso»,
Roma, 21/6/1964.

Al principio la muchacha del Dauphine había insistido en llevar la cuenta del tiempo, aunque al ingeniero del Peugeot 404 le daba ya lo mismo. Cualquiera podía mirar su reloj pero era como si ese tiempo atado a la muñeca derecha o el *bip bip* de la radio midieran otra cosa, fuera el tiempo de los que no han hecho la estupidez de querer regresar a París por la autopista del sur un domingo de tarde y, apenas salidos de Fontainebleau, han tenido que ponerse al paso, detenerse, seis filas a cada lado (ya se sabe que los domingos la autopista está íntegramente reservada a los que regresan a la capital), poner en marcha el motor, avanzar tres metros, detenerse, charlar con las dos monjas del 2HP a la derecha, con la muchacha del Dauphine a la izquierda, mirar por el retrovisor al hombre pálido que conduce un Caravelle, envidiar irónicamente la felicidad avícola del matrimonio del Peugeot 203 (detrás del Dauphine de la muchacha) que juega con su niñita y hace bromas y come queso, o sufrir a ratos los desbordes exasperados de los dos jovencitos del Simca que precede al Peugeot 404, y hasta bajarse de los altos y explorar sin alejarse' mucho (porque nunca se sabe en qué momento los autos de más adelante reanudarán la marcha y habrá que correr para que los de atrás no inicien la guerra de las bocinas y los insultos), y así llegar a la altura de un Taunus delante del Dauphine de la muchacha que mira a cada momento la hora, y cambiar unas frases descorazonadas o burlonas con los dos hombres que viajan con el niño rubio cuya inmensa diversión en esas precisas circunstancias consiste en hacer correr libremente su autito de juguete sobre los asientos y el reborde posterior del Taunus, o atreverse y avanzar todavía un poco más, puesto que no parece que los autos de adelante vayan a reanudar la marcha, y contemplar con alguna lástima al matrimonio de ancianos en el ID Citroën que parece una gigantesca bañadera violeta donde sobrenadan los dos viejitos, él descansando los antebrazos en el volante con un aire de paciente fatiga, ella mordisqueando una manzana con más aplicación que ganas.

A la cuarta vez de encontrarse con todo eso, de hacer todo eso, el ingeniero había decidido no salir más de su coche, a la espera de que la policía disolviese de alguna manera el embotellamiento. El calor de agosto se sumaba a ese tiempo a ras de neumáticos para que la inmovilidad fuese cada vez más enervante. Todo era olor a gasolina, gritos destemplados de los jovencitos del Simca, brillo del sol rebotando en los cristales y en los bordes cromados, y para colmo la sensación contradictoria del encierro en plena selva de máquinas pensadas para correr.

El 404 del ingeniero ocupaba el segundo lugar de
la pista de la derecha contando desde la franja divi-
soria de las dos pistas, con lo cual tenía otros cuatro
autos a su derecha y siete a su izquierda, aunque de
hecho sólo pudiera ver distintamente los ocho coches
que lo rodeaban y sus ocupantes, que ya había deta-
llado hasta cansarse. Había charlado con todos, salvo
con los muchachos del Simca que le caían antipáticos;
entre trecho y trecho se había discutido la situación
en sus menores detalles, y la impresión general era
que hasta Corbeil-Essonnes se avanzaría al paso o
poco menos, pero que entre Corbeil y Juvisy el
ritmo iría acelerándose una vez que los helicópteros
y los motociclistas lograran quebrar lo peor del embotellamiento. A nadie le cabía duda de que algún
accidente muy grave debía haberse producido en
la zona, única explicación de una lentitud tan increíble. Y con eso el gobierno, el calor, los impues-
tos, la vialidad, un tópico tras otro, tres metros,
otro lugar común, cinco metros, una frase senten-
ciosa o una maldición contenida.

A las dos monjitas del 2HP les hubiera convenido tanto llegar a Milly-la-Fôret antes de las ocho,
pues llevaban una cesta de hortalizas para la cocine-
ra. Al matrimonio del Peugeot 203 le importaba
sobre todo no perder los juegos televisados de las
nueve y media; la muchacha del Dauphine le había
dicho al ingeniero que le daba lo mismo llegar más
tarde a París pero que se quejaba por principio,
porque le parecía un atropello someter a millares
de personas a un régimen de caravana de camellos.
En esas últimas horas (debían ser casi las cinco pero
el calor los hostigaba insoportablemente) habían
avanzado unos cincuenta metros a juicio del ingeniero, aunque uno de los hombres del Taunus, que
se había acercado a charlar llevando de la mano al
niño con su autito, mostró irónicamente la copa de

un plátano solitario y la muchacha del Dauphine recordó que ese plátano (si no era un castaño) había estado en la misma línea que su auto durante tanto tiempo que ya ni valía la pena mirar el reloj pulsera para perderse en cálculos inútiles.

No atardecía nunca, la vibración del sol sobre la pista y las carrocerías dilataba el vértigo hasta la náusea. Los anteojos negros, los pañuelos con agua de colonia en la cabeza, los recursos improvisados para protegerse, para evitar un reflejo chirriante o las bocanadas de los caños de escape a cada avance, se organizaban y perfeccionaban, eran objeto de comunicación y comentario. El ingeniero bajó otra vez para estirar las piernas, cambió unas palabras con la pareja de aire campesino del Ariane que precedía al 2HP de las monjas. Detrás del 2HP había un Volkswagen con un soldado y una muchacha que parecían recién casados. La tercera fila hacia el exterior dejaba de interesarle porque hubiera tenido que alejarse peligrosamente del 404; veía colores, formas, Mercedes Benz, ID, 4R, Lancia, Skoda, Morris Minor, el catálogo completo. A la izquierda, sobre la pista opuesta, se tendía otra maleza inalcanzable de Renault, Anglia, Peugeot, Porsche, Volvo; era tan monótono que al final, después de charlar con los dos hombres del Taunus y de intentar sin éxito un cambio de impresiones con el solitario conductor del Caravelle, no quedaba nada mejor que volver al 404 y reanudar la misma conversación sobre la hora, las distancias y el cine con la muchacha del Dauphine.

A veces llegaba un extranjero, alguien que se deslizaba entre los autos viniendo desde el otro lado de la pista o desde las filas exteriores de la derecha, y que traía alguna noticia probablemente falsa repetida de auto en auto a lo largo de calientes kilómetros. El extranjero saboreaba el éxito de sus novedades, los golpes de portezuelas cuando los pasajeros se precipitaban para comentar lo sucedido, pero al cabo de un rato se oía alguna bocina o el arranque de un motor, y el extranjero salía corriendo, se lo veía zigzaguear entre los autos para reintegrarse al suyo y no quedar expuesto a la justa cólera de los demás. A lo largo de la tarde se había sabido así del choque de un Floride contra un 2HP cerca de Corbeil, tres muertos y un niño herido, el doble choque de un Fiat 1500 contra un furgón Renault que había aplastado un Austin lleno de turistas ingleses, el vuelco de un autocar de Orly colmado de pasajeros procedentes del avión de Copenhague. El ingeniero estaba seguro de que todo o casi todo era falso, aunque algo grave debía haber ocurrido cerca de Corbeil e incluso en las proximidades de París para que la circulación se hubiera paralizado hasta ese punto. Los campesinos del Ariane, que tenían una granja del lado de Montereau y conocían bien la región, contaban de otro domingo en que el tránsito había estado detenido durante cinco horas, pero ese tiempo empezaba a parecer casi nimio ahora que el sol, acostándose hacia la izquierda de la ruta, volcaba en cada uno una última avalancha de jalea anaranjada que hacía hervir los metales y ofuscaba la vista, sin que jamás una copa de árbol desapareciera del todo a la espalda, sin que otra sombra apenas entrevista a la distancia se acercara como para poder sentir de verdad que la columna se estaba moviendo aunque fuera apenas, aunque hubiera que detenerse y arrancar y bruscamente clavar el freno y no salir nunca de la primera velocidad, del desencanto insultante de pasar una vez más de la primera al punto muerto, freno de pie, freno de mano, stop, y así otra vez y otra vez y otra.

En algún momento, harto de inacción, el ingeniero se había decidido a aprovechar un alto especialmente interminable para recorrer las filas de la izquierda, y dejando a su espalda el Dauphine había encontrado un DKW, otro 2HP, un Fiat 600, y se había detenido junto a un De Soto para cambiar impresiones con el azorado turista de Washington que no entendía casi el francés pero que tenía que estar a las ocho en la Place de l'Opéra sin falta, you understand, my wife will be awfully anxious, damn it, y se hablaba un poco de todo cuando un hombre con aire de viajante de comercio salió del DKW para contarles que alguien había llegado un rato antes con la noticia de que un Piper Cub se había estrellado en plena autopista, varios muertos. Al americano el Piper Cub lo tenía profundamente sin cuidado, y también al ingeniero que oyó un coro de bocinas y se apresuró a regresar al 404, trasmitiendo de paso las novedades a los dos hombres del Taunus y al matrimonio del 203. Reservó una explicación más detallada para la muchacha del Dauphine mientras los coches avanzaban lentamente unos pocos metros (ahora el Dauphine estaba ligeramente retrasado con relación al 404, y más tarde sería al revés, pero de hecho las doce filas se movían prácticamente en bloque, como si un gendarme invisible en el fondo de la autopista ordenara el avance simultáneo sin que nadie pudiese obtener ventajas). Piper Cub, señorita, es un pequeño avión de paseo. Ah. Y la mala idea de estrellarse en plena autopista un domingo por la tarde. Esas cosas. Si por lo menos hiciera menos calor en los condenados autos, si esos árboles de la derecha quedaran por fin a la espalda, si la última cifra del cuentakilómetros acabara de caer en su agujerito negro en vez de seguir suspendida por la cola, interminablemente.

En algún momento (suavemente empezaba a anochecer, el horizonte de techos de automóviles se teñía de lila) una gran mariposa blanca se posó en el parabrisas del Dauphine, y la muchacha y el ingeniero admiraron sus alas en la breve y perfecta suspensión de su reposo; la vieron alejarse con una exasperada nostalgia, sobrevolar el Taunus, el ID violeta de los ancianos, ir hacia el Fiat 600 ya invisible desde el 404, regresar hacia el Simca donde una mano cazadora trató inútilmente de atraparla, aletear amablemente sobre el Ariane de los campesinos que parecían estar comiendo alguna cosa, y perderse después hacia la derecha. Al anochecer la columna hizo un primer avance importante, de casi cuarenta metros; cuando el ingeniero miró distraídamente el cuentakilómetros, la mitad del 6 había desaparecido y un asomo de 7 empezaba a descolgarse de lo alto. Casi todo el mundo escuchaba sus radios, los del Simca la habían puesto a todo trapo y coreaban un twist con sacudidas que hacían vibrar la carrocería; las monjas pasaban las cuentas de sus rosarios, el niño del Taunus se había dormido con la cara pegada a un cristal, sin soltar el auto de juguete. En algún momento (ya era noche cerrada) llegaron extranjeros con más noticias, tan contradictorias como las otras ya olvidadas. No había sido un Piper Cub sino un planeador piloteado por la hija de un general. Era exacto que un furgón Renualt había aplastado un Austin, pero no en Juvisy sino casi en las puertas de París; uno de los extranjeros explicó al matrimonio del 203 que el macadam de la autopista había cedido a la altura de Igny y que cinco autos habían volcado al meter las ruedas delanteras en la grieta. La idea de una catástrofe natural se propagó hasta el ingeniero, que se encogió de hombros sin hacer comentarios. Más tarde, pensando en esas primeras horas de oscuridad en que habían respirado un poco más libremente, recordó que en algún momento había sacado el brazo por la ventanilla para tamborilear en la carrocería del Dauphine y despertar a la muchacha que se había dormido reclinada sobre el volante, sin preocuparse de un nuevo avance. Quizá ya era medianoche cuando una de las monjas le ofreció tímidamente un sandwich de jamón, suponiendo que tendría hambre. El ingeniero lo aceptó por cortesía (en realidad sentía náuseas) y pidió permiso para dividirlo con la muchacha del Dauphine, que aceptó y comió golosamente el sandwich y la tableta de chocolate que le había pasado el viajante del DKW, su vecino de la izquierda. Mucha gente había salido de los autos recalentados, porque otra vez llevaban horas sin avanzar; se empezaba a sentir sed, ya agotadas las botellas de limonada, la coca-cola y hasta los vinos de a bordo. La primera en quejarse fue la niña del 203, y el soldado y el ingeniero abandonaron los autos junto con el padre de la niña para buscar agua. Delante del Simca, donde la radio parecía suficiente alimento, el ingeniero encontró un Beaulieu ocupado por una mujer madura de ojos inquietos. No, no tenía agua pero podía darle unos caramelos para la niña. El matrimonio del ID se consultó un momento antes de que la anciana metiera la mano en un bolso y sacara una pequeña lata de jugo de frutas. El ingeniero agradeció y quiso saber si tenían hambre y si podía serles útil; el viejo movió negativamente la cabeza, pero la mujer pareció asentir sin palabras. Más tarde la muchacha del Dauphine y el ingeniero exploraron juntos las filas de la izquierda, sin alejarse demasiado; volvieron con algunos bizcochos y los llevaron a la anciana del ID, con el tiempo justo para regresar corriendo a sus autos bajo una lluvia de bocinas.

Aparte de esas mínimas salidas, era tan poco lo que podía hacerse que las horas acababan por superponerse, por siempre la misma en el recuerdo; en algún momento el ingeniero pensó en tachar ese día en su agenda y contuvo una risotada, pero más adelante, cuando empezaron los cálculos contradictorios de las monjas, los hombres del Taunus y la muchacha del Dauphine, se vio que hubiera convenido llevar mejor la cuenta. Los radios locales habían suspendido las emisiones, y sólo el viajante del DKW tenía un aparato de ondas cortas que se empeñaba en transmitir noticias bursátiles. Hacia las tres de la madrugada pareció llegarse a un acuerdo tácito para descansar, y hasta el amanecer la columna no se movió. Los muchachos del Simca sacaron unas camas neumáticas y se tendieron al lado del auto; el ingeniero bajó el respaldo de los asientos delanteros del 404 y ofreció las cuchetas a las monjas, que rehusaron; antes de acostarse un rato, el ingeniero pensó en la muchacha del Dauphine, muy quieta contra el volante, y como sin darle importancia le propuso que cambiaran de autos hasta el amanecer; ella se negó, alegando que podía dormir muy bien de cualquier manera. Durante un rato se oyó llorar al niño del Taunus, acostado en el asiento trasero donde debía tener demasiado calor. Las monjas rezaban todavía cuando el ingeniero se dejó caer en la cucheta y se fue quedando dormido, pero su sueño seguía demasiado cerca de la vigilia y acabó por despertarse sudoroso e inquieto, sin comprender en un primer momento dónde estaba; enderezándose, empezó a percibir los confusos movimientos del exterior, un deslizarse de sombras entre los autos, y vio un bulto que se alejaba hacia el borde de la autopista; adivinó las razones, y más tarde también él salió del auto sin hacer ruido y fue a aliviarse al borde de la ruta; no había setos ni árboles, solamente el campo negro y sin estrellas, algo que parecía un muro abstracto limitando la cinta blanca del macadam con su río inmóvil de vehículos. Casi tropezó con el campesino del Ariane, que balbuceó una frase ininteligible; al olor de la gasolina, persistente en la autopista recalentada, se sumaba ahora la presencia más ácida del hombre, y el ingeniero volvió lo antes posible a su auto. La chica del Dauphine dormía apoyada sobre el volante, un mechón de pelo contra los ojos; antes de subir al 404, el ingeniero se divirtió explorando en la sombra su perfil, adivinando la curva de los labios que soplaban suavemente. Del otro lado, el hombre del DKW miraba también dormir a la muchacha, fumando en silencio.

Por la mañana se avanzó muy poco pero lo bastante como para darles la esperanza de que esa tarde se abriría la ruta hacia París. A las nueve llegó un extranjero con buenas noticias: habían rellenado las grietas y pronto se podría circular normalmente. Los muchachos del Simca encendieron la radio y uno de ellos trepó al techo del auto y gritó y cantó. El ingeniero se dijo que la noticia era tan dudosa como las de la víspera, y que el extranjero había aprovechado la alegría del grupo para pedir y obtener una naranja que le dio el matrimonio del Ariane. Más tarde llegó otro extranjero con la misma treta, pero nadie quiso darle nada. El calor empezaba a subir y la gente prefería quedarse en los autos a la espera de que se concretaran las buenas noticias. A mediodía la niña del 203 empezó a llorar otra vez y la muchacha del Dauphine fue a jugar con ella y se hizo amiga del matrimonio. Los del 203 no tenían suerte: a su derecha estaba el hombre silencioso del Caravelle, ajeno a todo lo que ocurría en torno, y a su izquierda tenían que aguantar la verbosa indignación del conductor de un Floride, para quien el embotellamiento era una afrenta exclusivamente personal. Cuando la niña volvió a quejarse de sed, al ingeniero se le ocurrió ir a hablar con los campesinos del Ariane, seguro de que en ese auto había cantidad de provisiones. Para su sorpresa los campesinos se mostraron muy amables; comprendían que en una situación semejante era necesario ayudarse, y pensaban que si alguien se encargaba de dirigir el grupo (la mujer hacía un gesto circular con la mano, abarcando la docena de autos que los rodeaba) no se pasarían apreturas hasta llegar a París. Al ingeniero le molestaba la idea de erigirse en organizador, y prefirió llamar a los hombres del Taunus para conferenciar con ellos y con el matrimonio del Ariane. Un rato después consultaron sucesivamente a todos los del grupo. El joven soldado del Volkswagen estuvo inmediatamente de acuerdo, y el matrimonio del 203 ofreció las pocas provisiones que les quedaban (la muchacha del Dauphine había conseguido un vaso de granadina con agua para la niña, que reía y jugaba). Uno de los hombres del Taunus, que había ido a consultar a los muchachos del Simca, obtuvo un asentimiento burlón; el hombre pálido del Caravelle se encogió de hombros y dijo que le daba lo mismo, que hicieran lo que les pareciese mejor. Los ancianos del ID y la señora del Beaulieu se mostraron visiblemente contentos, como si se sintieran más protegidos. Los pilotos del Floride y del DKW no hicieron observaciones, y el americano del De Soto los miró asombrado y dijo algo sobre la voluntad de Dios. Al ingeniero le resultó fácil proponer que uno de los ocupantes del Taunus, en el que tenía una confianza instintiva, se encargara de coordinar las actividades. A nadie le faltaría de comer por el momento, pero era necesario conseguir agua; el jefe, al que los muchachos del Simca llamaban Taunus a secas para divertirse, pidió al ingeniero, al soldado y a

uno de los muchachos que exploraran la zona cir-
cundante de la autopista y ofrecieran alimentos a
cambio de bebidas. Taunus, que evidentemente sabía mandar, había calculado que deberían cubrirse
las necesidades de un día y medio como máximo,
poniéndose en la posición menos optimista. En el
2HP de las monjas y en el Ariane de los campesinos
había provisiones suficientes para ese tiempo, y si
los exploradores volvían con agua el problema quedaría resuelto. Pero solamente el soldado regresó con
una cantimplora llena, cuyo dueño exigía en cambio
comida para dos personas. El ingeniero no encontró
a nadie que pudiera ofrecer agua, pero el viaje le
sirvió para advertir que más allá de su grupo se estaban constituyendo otras células con problemas seme-
jantes; en un momento dado el ocupante de un Alfa
Romeo se negó a hablar con él del asunto, y le dijo
que se dirigiera al representante de su grupo, cinco
autos más atrás en la misma fila. Más tarde vieron
volver al muchacho del Simca que no había podido
conseguir agua, pero Taunus calculó que ya tenía bastante para los dos niños, la anciana del ID y el resto
de las mujeres. El ingeniero le estaba contando a
la muchacha del Dauphine su circuito por la perife-
ria (era la una de la tarde, y el sol los acorralaba en
los autos) cuando ella lo interrumpió con un gesto
y le señaló el Simca. En dos saltos el ingeniero llegó
hasta el auto y sujetó por el codo a uno de los
muchachos, que se repantigaba en su asiento para
beber a grandes tragos de la cantimplora que había
traído escondida en la chaqueta. A su gesto iracun-
do, el ingeniero respondió aumentando la presión
en el brazo; el otro muchacho bajó del auto y se
tiró sobre el ingeniero, que dio dos pasos atrás y
lo esperó casi con lástima. El soldado ya venía corriendo, y los gritos de las monjas alertaron a Taunus y a su compañero; Taunus escuchó lo sucedido,
se acercó al muchacho de la botella y le dio un par

de bofetadas. El muchacho gritó y protestó, lloriqueando, mientras el otro rezongaba sin atreverse a intervenir. El ingeniero le quitó la botella y se la alcanzó a Taunus. Empezaban a sonar bocinas y cada cual regresó a su auto, por lo demás inútilmente puesto que la columna avanzó apenas cinco metros.

A la hora de la siesta, bajo un sol todavía más duro que la víspera, una de las monjas se quitó la toca y su compañera le mojó las sienes con agua de colonia. Las mujeres improvisaban de a poco sus actividades samaritanas, yendo de un auto a otro, ocupándose de los niños para que los hombres estuvieran más libres; nadie se quejaba pero el buen humor era forzado, se basaba siempre en los mismos juegos de palabras, en un escepticismo de buen tono. Para el ingeniero y la muchacha del Dauphine, sentirse sudorosos y sucios era la vejación más grande; los enternecía casi la rotunda indiferencia del matrimonio de campesinos al olor que le brotaba de las axilas cada vez que venían a charlar con ellos o a repetir alguna noticia de último momento. Hacia el atardecer el ingeniero miró casualmente por el retrovisor y encontró como siempre la cara pálida y de rasgos tensos del hombre del Cáravelle, que al igual que el gordo piloto del Floride se había mantenido ajeno a todas las actividades. Le pareció que sus facciones se habían afilado todavía más, y se preguntó si no estaría enfermo. Pero después, cuando al ir a charlar con el soldado y su mujer tuvo ocasión de mirarlo desde más cerca, se dijo que ese hombre no estaba enfermo; era otra cosa, una separación, por darle algún nombre. El soldado del Volkswagen le contó más tarde que a su mujer le daba miedo ese hombre silencioso que no se apartaba jamás del volante y que parecía dormir despierto. Nacían hipótesis, se creaba un folklore para luchar contra la inacción. Los niños del Taunus y el 203 se habían hecho amigos y se habían peleado y luego se habían reconciliado; sus padres se visitaban, y la muchacha del Dauphine iba cada tanto a ver cómo se sentían la anciana del ID y la señora del Beaulieu. Cuando al atardecer soplaron bruscamente unas ráfagas tormentosas y el sol se perdió entre las nubes que se alzaban al oeste, la gente se alegró pensando que iba a refrescar. Cayeron algunas gotas, coincidiendo con un avance extraordinario de casi cien metros; a lo lejos brilló un relámpago y el calor subió todavía más. Había tanta electricidad en la atmósfera que Taunus, con un instinto que el ingeniero admiró sin comentarios, dejó al grupo en paz hasta la noche, como si temiera los efectos del cansancio y el calor. A las ocho las mujeres se encargaron de distribuir las provisiones; se había decidido que el Ariane de los campesinos sería el almacén general, y que el 2HP de las monjas serviría de depósito suplementario. Taunus había ido en persona a hablar con los jefes de los cuatro o cinco grupos vecinos; después, con ayuda del soldado y el hombre del 203, llevó una cantidad de alimentos a los otros grupos, regresando con más agua y un poco de vino. Se decidió que los muchachos del Simca cederían sus colchones neumáticos a la anciana del ID y la señora del Beaulieu; la muchacha del Dauphine les llevó dos mantas escocesas y el ingeniero ofreció su coche, que llamaba burlonamente el wagon-lit, a quienes lo necesitaran. Para su sorpresa, la muchacha del Dauphine aceptó el ofrecimiento y esa noche compartió las cuchetas del 404 con una de las monjas; la otra fue a dormir al 203 junto a la niña y su madre, mientras el marido pasaba la noche sobre el macadam, envuelto en una frazada. El ingeniero no tenía sueño y jugó a los dados con Taunus y su amigo; en algún momento se les agregó el campesino del Ariane y hablaron de política bebiendo unos tragos del aguardiente que el campesino había entregado a Taunus esa mañana. La noche no fue mala; había refrescado y brillaban algunas estrellas entre las nubes.

Hacia el amanecer los ganó el sueño, esa necesidad de estar a cubierto que nacía con la grisalla del alba. Mientras Taunus dormía junto al niño en el asiento trasero, su amigo y el ingeniero descansaron un rato en la delantera. Entre dos imágenes de sueño, el ingeniero creyó oír gritos a la distancia y vio un resplandor indistinto; el jefe de otro grupo vino a decirles que treinta autos más adelante había habido un principio de incendio en un Estafette, provocado por alguien que había querido hervir clandestinamente unas legumbres. Taunus bromeó sobre lo sucedido mientras iba de auto en auto para ver cómo habían pasado todos la noche, pero a nadie se le escapó lo que quería decir. Esa mañana la columna empezó a moverse muy temprano y hubo que correr y agitarse para recuperar los colchones y las mantas, pero como en todas partes debía estar sucediendo lo mismo casi nadie se impacientaba ni hacía sonar las bocinas. A mediodía habían avanzado más de cincuenta metros, y empezaba a divisarse la sombra de un bosque a la derecha de la ruta. Se envidiaba la suerte de los que en ese momento podían ir hasta la banquina y aprovechar la frescura de la sombra; quizá había un arroyo, o un grifo de agua potable. La muchacha del Dauphine cerró los ojos y pensó en una ducha cayéndole por el pecho y la espalda, corriéndole por las piernas; el ingeniero, que la miraba de reojo, vio dos lágrimas que le resbalaban por las mejillas.

Taunus, que acababa de adelantarse hasta el ID, vino a buscar a las mujeres más jóvenes para que atendieran a la anciana que no se sentía bien. El jefe del tercer grupo a retaguardia contaba con un médico entre sus hombres, y el soldado corrió a buscarlo. El ingeniero, que había seguido con iró-nica benevolencia los esfuerzos de los muchachitos del Simca para hacerse perdonar su travesura, en-tendió que era el momento de darles su oportuni-dad. Con los elementos de una tienda de campaña los muchachos cubrieron las ventanillas del 404, y el wagon-lit se transformó en ambulancia para que la anciana descansara en una oscuridad relativa. Su marido se tendió a su lado, teniéndole la mano, y los dejaron solos con el médico. Después las monjas se ocuparon de la anciana, que se sentía mejor, y el ingeniero pasó la tarde como pudo, visitando otros autos y descansando en el de Taunus cuando el sol castigaba demasiado; sólo tres veces le tocó correr hasta su auto, donde los viejitos parecían morir, para hacerlo avanzar junto con la columna hasta el alto siguiente. Los ganó la noche sin que hubiesen llegado a la altura del bosque.

Hacia las dos de la madrugada bajó la tempera-tura, y los que tenían mantas de alegraron de poder envolverse en ellas. Como la columna no se movería hasta el alba (era algo que se sentía en el aire, que venía desde el horizonte de autos inmóviles en la noche) el ingeniero y Taunus se sentaron a fumar y a charlar con el campesino del Ariane y el soldado. Los cálculos de Taunus no correspondían ya a la realidad, y lo dijo francamente; por la mañana ha-bría que hacer algo para conseguir más provisiones y bebidas. El soldado fue a buscar a los jefes de los grupos vecinos, que tampoco dormían, y se discutió el problema en voz baja para no despertar a las mujeres. Los jefes habían hablado con los respon-sables de los grupos más alejados, en un radio de ochenta o cien automóviles, y tenían la seguridad de que la situación era análoga en todas partes. El campesino conocía bien la región y propuso que dos o tres hombres de cada grupo salieran al alba para comprar provisiones en las granjas cercanas, mientras Taunus se ocupaba de designar pilotos para los autos que quedaran sin dueño durante la expedición. La idea era buena y no resultó difícil reunir dinero entre los asistentes; se decidió que el campesino, el soldado y el amigo de Taunus irían juntos y llevarían todas las bolsas, redes y cantimploras disponibles. Los jefes de los otros grupos volvieron a sus unidades para organizar expediciones similares, y al amanecer se explicó la situación a las mujeres y se hizo lo necesario para que la columna pudiera seguir avanzando. La muchacha del Dauphine le dijo al ingeniero que la anciana ya estaba mejor y que insistía en volver a su ID; a las ocho llegó el médico, que no vio inconveniente en que el matrimonio regresara a su auto. De todos modos, Taunus decidió que el 404 quedaría habilitado permanentemente como ambulancia; los muchachos, para divertirse, fabricaron un banderín con una cruz roja y lo fijaron en la antena del auto. Hacía ya rato que la gente prefería salir lo menos posible de sus coches; la temperatura seguía bajando y a mediodía empezaron los chaparrones y se vieron relámpagos a la distancia. La mujer del campesino se apresuró a recoger agua con un embudo y una jarra de plástico, para especial regocijo de los muchachos del Simca. Mirando todo eso, inclinado sobre el volante donde había un libro abierto que no le interesaba demasiado, el ingeniero se preguntó por qué los expedicionarios tardaban tanto en regresar; más tarde Taunus lo llamó discretamente a su auto y cuando estuvieron dentro le dijo que habían fracasado. El amigo de Taunus dio detalles: las granjas estaban abandonadas o la gente

se negaba a venderles nada, aduciendo las regla-
mentaciones sobre ventas a particulares y sospe-
chando que podían ser inspectores que se valían
de las circunstancias para ponerlos a prueba. A pesar de todo habían podido traer una pequeña cantidad de agua y algunas provisiones, quizá robadas
por el soldado que sonreía sin entrar en detalles.
Desde luego ya no podía pasar mucho tiempo sin
que cesara el embotellamiento, pero los alimentos
de que se disponía no eran los más adecuados para
los dos niños y la anciana. El médico, que vino
hacia las cuatro y media para ver a la enferma, hizo
un gesto de exasperación y cansancio y dijo a Taunus que en su grupo y en todos los grupos vecinos
pasaba lo mismo. Por la radio se había hablado de
una operación de emergencia para despejar la autopista, pero aparte de un helicóptero que apareció
brevemente al anochecer no se vieron otros apres-
tos. De todas maneras hacía cada vez menos calor,
y la gente parecía esperar la llegada de la noche
para taparse con las mantas y abolir en el sueño
algunas horas más de espera. Desde su auto el ingeniero escuchaba la charla de la muchacha del
Dauphine con el viajante del DKW, que le contaba
cuentos y la hacía reír sin ganas. Los sorprendió
ver a la señora del Beaulieu que casi nunca abandonaba su auto, y bajó para saber si necesitaba alguna
cosa, pero la señora buscaba solamente las últimas
noticias y se puso a hablar con las monjas. Un hastío
sin nombre pesaba sobre ellos al anochecer; se esperaba más del sueño que de las noticias siempre
contradictorias o desmentidas. El amigo de Taunus
llegó discretamente a buscar al ingeniero, al soldado y
al hombre del 203. Taunus les anunció que el tripu-
lante del Floride acababa de desertar; uno de los
muchachos del Simca había visto el coche vacío, y
después de un rato se había puesto a buscar a su

dueño para matar el tedio. Nadie conocía mucho al hombre gordo del Floride, que tanto había protestado el primer día aunque después acabara por quedarse tan callado como el piloto del Caravelle. Cuando a las cinco de la mañana no quedó la menor duda de que Floride, como se divertían en llamarlo los chicos del Simca, había desertado llevándose una valija de mano y abandonando otra llena de camisas y ropa interior, Taunus decidió que uno de los muchachos se haría cargo del auto abandonado para no inmovilizar la columna. A todos los había fastidiado vagamente esa deserción en la oscuridad, y se preguntaban hasta dónde habría podido llegar Floride en su fuga a través de los campos. Por lo demás parecía ser la noche de las grandes decisiones: tendido en su cucheta del 404, al ingeniero le pareció oír un quejido, pero pensó que el soldado y su mujer serían responsables de algo que, después de todo, resultaba comprensible en plena noche y en esas circunstancias. Después lo pensó mejor y levantó la lona que cubría la ventanilla trasera; a la luz de unas pocas estrellas vio a un metro y medio el eterno parabrisas del Caravelle y detrás, como pegada al vidrio y un poco ladeada, la cara convulsa del hombre. Sin hacer ruido salió por el lado izquierdo para no despertar a las monjas, y se acercó al Caravelle. Después buscó a Taunus, y el soldado corrió a prevenir al médico. Desde luego el hombre se había suicidado tomando algún veneno; las líneas a lápiz en la agenda bastaban, y la carta dirigida a una tal Yvette, alguien que lo había abandonado en Vierzon. Por suerte la costumbre de dormir en los autos estaba bien establecida (las noches eran ya tan frías que a nadie se le hubiera ocurrido quedarse fuera) y a pocos les preocupaba que otros anduvieran entre los coches y se deslizaran hacia los bordes de la autopista para aliviarse.

Taunus llamó a un consejo de guerra, y el médico estuvo de acuerdo con su propuesta. Dejar el cadáver al borde de la autopista significaba someter a los que venían más atrás a una sorpresa por lo menos penosa; llevarlo más lejos, en pleno campo, podía provocar la violenta repulsa de los lugareños, que la noche anterior habían amenazado y golpeado a un muchacho de otro grupo que buscaba de comer. El campesino del Ariane y el viajante del DKW tenían los necesario para cerrar herméticamente el portaequipajes del Caravelle. Cuando empezaban su trabajo se les agregó la muchacha del Dauphine, que se colgó temblando del brazo del ingeniero. El le explicó en voz baja lo que acababa de ocurrir y la devolvió a su auto, ya más tranquila. Taunus y sus hombres habían metido el cuerpo en el portaequipajes, y el viajante trabajó con scotch tape y tubos de cola líquida a la luz de la linterna del soldado. Como la mujer del 203 sabía conducir, Taunus resolvió que su marido se haría cargo del Caravelle que quedaba a la derecha del 203; así, por la mañana, la niña del 203 descubrió que su papá tenía otro auto, y jugó horas y horas a pasar de uno a otro y a instalar parte de sus juguetes en el Caravelle.

Por primera vez el frío se hacía sentir en pleno día, y nadie pensaba en quitarse las chaquetas. La muchacha del Dauphine y las monjas hicieron el inventario de los abrigos disponibles en el grupo. Había unos pocos pulóveres que aparecían por casualidad en los autos o en alguna valija, mantas, alguna gabardina o abrigo ligero. Se estableció una lista de prioridades, se distribuyeron los abrigos. Otra vez volvía a faltar el agua, y Taunus envió a tres de sus hombres, entre ellos el ingeniero, para que trataran de establecer contacto con los lugareños. Sin que pudiera saberse por qué, la resistencia

exterior era total; bastaba salir del límite de la autopista para que desde cualquier sitio llovieran piedras. En plena noche alguien tiró una guadaña que
golpeó sobre el techo del DKW y cayó al lado del
Dauphine. El viajante se puso muy pálido y no se
movió de su auto, pero el americano del De Soto
(que no formaba parte del grupo de Taunus pero
que todos apreciaban por su buen humor y sus
risotadas) vino a la carrera y después de revolear
la guadaña la devolvió campo afuera con todas sus
fuerzas, maldiciendo a gritos. Sin embargo, Taunus
no creía que conviniera ahondar la hostilidad; quizá
fuese todavía posible hacer una salida en busca de
agua.

Ya nadie llevaba la cuenta de lo que se había
avanzado ese día o esos días; la muchacha del
Dauphine creía que entre ochenta y doscientos metros; el ingeniero era menos optimista pero se divertía en prolongar y complicar los cálculos con su
vecina, interesado a ratos en quitarle la compañía
del viajante del DKW que le hacía la corte a su
manera profesional. Esa misma tarde el muchacho
encargado del Floride corrió a avisar a Taunus que
un Ford Mercury ofrecía agua a buen precio. Taunus se negó, pero al anochecer una de las monjas
le pidió al ingeniero un sorbo de agua para la anciana del ID que sufría sin quejarse, siempre tomada
de la mano de su marido y atendida alternativa-
mente por las monjas y la muchacha del Dauphine.
Quedaba medio litro de agua, y las mujeres lo des-
tinaron a la anciana señora del Beaulieu. Esa misma
noche Taunus pagó de su bolsillo dos litros de agua;
el Ford Mercury prometió conseguir más para el
día siguiente, al doble del precio.

Era difícil reunirse para discutir, porque hacía
tanto frío que nadie abandonaba los autos como no

fuera por un motivo imperioso. Las baterías empezaban a descargarse y no se podía hacer funcionar todo el tiempo la calefacción; Taunus decidió que los dos coches mejor equipados se reservarían llegado el caso para los enfermos. Envueltos en mantas (los muchachos del Simca habían arrancado el tapizado de su auto para fabricarse chalecos y gorros, y otros empezaban a imitarlos), cada uno trataba de abrir lo menos posible las portezuelas para conservar el calor. En alguna de esas noches heladas el ingeniero oyó llorar ahogadamente a la muchacha del Dauphine. Sin hacer ruido, abrió poco a poco la portezuela y tanteó en la sombra hasta rozar una mejilla mojada. Casi sin resistencia la chica se dejó atraer al 404; el ingeniero la ayudó a tenderse en la cucheta, la abrigó con la única manta y le echó encima una gabardina. La oscuridad era más densa en el coche ambulancia, con sus ventanillas tapadas por las lonas de la tienda. En algún momento el ingeniero bajó los dos parasoles y colgó de ellos su camisa y un pulóver para aislar completamente el auto. Hacia el amanecer ella le dijo al oído que antes de empezar a llorar había creído ver a lo lejos, sobre la derecha, las luces de una ciudad.

Quizá fuera una ciudad pero las nieblas de la mañana no dejaban ver ni a veinte metros. Curiosamente ese día la columna avanzó bastante más, quizá doscientos o trescientos metros. Coincidió con nuevos anuncios de la radio (que casi nadie escuchaba, salvo Taunus que se sentía obligado a mantenerse al corriente); los locutores hablaban enfáticamente de medidas de excepción que liberarían la autopista, y se hacían referencias al agotador trabajo de las cuadrillas camineras y de las fuerzas policiales. Bruscamente, una de las monjas deliró. Mientras su compañera la contemplaba aterrada y la muchacha del Dauphine le humedecía las sienes con un resto de perfume, la monja habló de Armagedón, del noveno día, de la cadena de cinabrio. El médico vino mucho después, abriéndose paso entre la nieve que caía desde el mediodía y amurallaba poco a poco los autos. Deploró la carencia de una inyección calmante y aconsejó que llevaran a la monja a un auto con buena calefacción. Taunus la instaló en su coche, y el niño pasó al Caravelle donde también estaba su amiguita del 203; jugaban con sus autos y se divertían mucho porque eran los únicos que no pasaban hambre. Todo ese día y los siguientes nevó casi de continuo, y cuando la columna avanzaba unos metros había que despejar con medios improvisados las masas de nieve amontonadas entre los autos.

A nadie se le hubiera ocurrido asombrarse por la forma en que se obtenían las provisiones y el agua. Lo único que podía hacer Taunus era administrar los fondos comunes y tratar de sacar el mejor partido posible de algunos trueques. El Ford Mercury y un Porsche venían cada noche a traficar con las vituallas; Taunus y el ingeniero se encargaban de distribuirlas de acuerdo con el estado físico de cada uno. Increíblemente la anciana del ID sobrevivía, perdida en un sopor que las mujeres se cuidaban de disipar. La señora del Beaulieu que unos días antes había sufrido de náuseas y vahídos, se había repuesto con el frío y era de las que más ayudaban a la monja a cuidar a su compañera, siempre débil y un poco extraviada. La mujer del soldado y la del 203 se encargaban de los dos niños; el viajante del DKW, quizá para consolarse de que la ocupante del Dauphine hubiera preferido al ingeniero, pasaba horas contándoles cuentos a los niños. En la noche los grupos ingresaban en otra vida sigilosa y privada; las portezuelas se abrían silenciosamente para dejar entrar o salir alguna silueta ate-

rida; nadie miraba a los demás, los ojos estaban tan
ciegos como la sombra misma. Bajo mantas sucias,
con manos de uñas crecidas, oliendo a encierro y
a ropa sin cambiar, algo de felicidad duraba aquí y
allá. La muchacha del Dauphine no se había equi-
vocado: a lo lejos brillaba una ciudad, y poco a poco
se irían acercando. Por las tardes el chico del Simca
se trepaba al techo de su coche, vigía incorregible
envuelto en pedazos de tapizado y estopa verde.
Cansado de explorar el horizonte inútil, miraba por
milésima vez los autos que lo rodeaban; con alguna
envidia descubría a Dauphine en el auto del 404,
una mano acariciando un cuello, el final de un beso.
Por pura broma, ahora que había reconquistado la
amistad del 404, les gritaba que la columna iba a
moverse; entonces Dauphine tenía que abandonar
al 404 y entrar en su auto, pero al rato volvía a
pasarse en busca de calor, y al muchacho del Simca
le hubiera gustado tanto poder traer a su coche a
alguna chica de otro grupo, pero no era ni para
pensarlo con ese frío y esa hambre, sin contar que
el grupo de más adelante estaba en franco tren de
hostilidad con el de Taunus por una historia de un
tubo de leche condensada, y salvo las transacciones
oficiales con Ford Mercury y con Porsche no había
relación posible con los otros grupos. Entonces el
muchacho del Simca suspiraba descontento y volvía
a hacer de vigía hasta que la nieve y el frío lo obligaban
a meterse tiritando en su auto.

Pero el frío empezó a ceder, y después de un
período de lluvias y vientos que enervaron los áni-
mos y aumentaron las dificultades de aprovisiona-
miento, siguieron días frescos y soleados en que
ya era posible salir de los autos, visitarse, reanudar
relaciones con los grupos vecinos. Los jefes habían
discutido la situación, y finalmente se logró hacer
la paz con el grupo de más adelante. De la brusca

desaparición de Ford Mercury se habló mucho
tiempo sin que nadie supiera lo que había podido
ocurrirle, pero Porsche siguió viniendo y contro-
lando el mercado negro. Nunca faltaban del todo
el agua o las conservas, aunque los fondos del grupo
disminuían y Taunus y el ingeniero se preguntaban
qué ocurriría el día en que no hubiera más dinero
para Porsche. Se habló de un golpe de mano, de
hacerlo prisionero y exigirle que revelara la fuente
de los suministros, pero en esos días la columna
había avanzado un buen trecho y los jefes prefirie-
ron seguir esperando y evitar el riesgo de echarlo
todo a perder por una decisión violenta. Al ingeniero, que había acabado por ceder a una indiferencia
casi agradable, lo sobresaltó por un momento el
tímido anuncio de la muchacha del Dauphine, pero
después comprendió que no se podía hacer nada
para evitarlo y la idea de tener un hijo de ella acabó
por parecerle tan natural como el reparto nocturno
de las provisiones o los viajes furtivos hasta el borde
de la autopista. Tampoco la muerte de la anciana
del ID podía sorprender a nadie. Hubo que trabajar
otra vez en plena noche, acompañar y consolar al
marido que no se resignaba a entender. Entre dos
de los grupos de vanguardia estalló una pelea y
Taunus tuvo que oficiar de árbitro y resolver preca-
riamente la diferencia. Todo sucedía en cualquier
momento, sin horarios previsibles; lo más importante empezó cuando ya nadie lo esperaba, y al
menos responsable le tocó darse cuenta el primero.
Trepado en el techo del Simca, el alegre vigía tuvo
la impresión de que el horizonte había cambiado
(era al atardecer, un sol amarillento deslizaba su
luz rasante y mezquina) y que algo inconcebible
estaba ocurriendo a quinientos metros, a trescientos, a doscientos cincuenta. Se lo gritó al 404 y el
404 le dijo algo a Dauphine que se pasó rápidamente

a su auto cuando ya Taunus, el soldado y el campesino venían corriendo y desde el techo del Simca
el muchacho señalaba hacia adelante y repetía interminablemente el anuncio como si quisiera conven-
cerse de que lo que estaba viendo era verdad; entonces oyeron la conmoción, algo como un pesado pero
incontenible movimiento migratorio que despertaba de un interminable sopor y ensayaba sus fuerzas. Taunus les ordenó a gritos que volvieran a sus
coches; el Beaulieu, el ID, el Fiat 600 y el De Soto
arrancaron con un mismo impulso. Ahora el 2HP,
el Taunus, el Simca y el Ariane empezaban a moverse, y el muchacho del Simca, orgulloso de algo que
era como su triunfo, se volvía hacia el 404 y agitaba
el brazo mientras el 404, el Dauphine, el 2HP de
las monjas y el DKW se ponían a su vez en marcha.
Pero todo estaba en saber cuánto iba a durar eso;
el 404 se lo preguntó casi por rutina mientras se
mantenía a la par de Dauphine y le sonreía para
darle ánimo. Detrás, el Volkswagen, el Caravelle,
el 203 y el Floride arrancaban a su vez lentamente,
un trecho en primera velocidad, después la segunda, interminablemente la segunda pero ya sin de-
sembragar como tantas veces, con el pie firme en
el acelerador, esperando poder pasar a tercera. Es-
tirando el brazo izquierdo el 404 buscó la mano de
Dauphine, rozó apenas la punta de sus dedos, vio
en su cara una sonrisa de incrédula esperanza y
pensó que iban a llegar a París y que se bañarían,
que irían juntos a cualquier lado, a su casa o a la
de ella a bañarse, a comer, a bañarse interminablemente y a comer y beber, y que después habría
muebles, habría un dormitorio con muebles y un
cuarto de baño con espuma de jabón para afeitarse
de verdad, y retretes, comidas y retretes y sábanas,
París era un retrete y dos sábanas y el agua caliente
por el pecho y las piernas, y una tijera de uñas, y

vino blanco, beberían vino blanco antes de besarse
y sentirse oler a lavanda y a colonia, antes de cono-
cerse de verdad a plena luz, entre sábanas limpias,
y volver a bañarse por juego, amarse y bañarse y
beber y entrar en la peluquería, entrar en el baño,
acariciar las sábanas y acariciarse entre las sábanas
y amarse entre la espuma y la lavanda y los cepillos
antes de empezar a pensar en lo que iban a hacer,
en el hijo y los problemas y el futuro, y todo eso
siempre que no se detuvieran, que la columna con-
tinuara aunque todavía no se pudiese subir a la
tercera velocidad, seguir así en segunda, pero seguir. Con los paragolpes rozando el Simca, el 404
se echó atrás en el asiento, sintió aumentar la velocidad, sintió que podía acelerar sin peligro de irse
contra el Simca, y que el Simca aceleraba sin peligro
de chocar contra el Beaulieu, que detrás venía el
Caravelle y que todos aceleraban más y más, y que
ya se podía pasar a tercera sin que el motor penara,
y la palanca calzó increíblemente en la tercera y la
marcha se hizo suave y se aceleró todavía más, y
el 404 miró enternecido y deslumbrado a su izquierda buscando los ojos de Dauphine. Era natural
que con tanta aceleración las filas ya no se mantu-
vieran paralelas, Dauphine se había adelantado casi
un metro y el 404 le veía la nuca y apenas el perfil,
justamente cuando ella se volvía para mirarlo y
hacía un gesto de sorpresa al ver que el 404 se
retrasaba todavía más. Tanquilizándola con una
sonrisa el 404 aceleró bruscamente, pero casi en
seguida tuvo que frenar porque estaba a punto de
rozar el Simca; le tocó secamente la bocina y el
muchacho del Simca lo miró por el retrovisor y le
hizo un gesto de impotencia, mostrándole con la
mano izquierda el Beaulieu pegado a su auto. El
Dauphine iba tres metros más adelante, a la altura
del Simca, y la niña del 203, al nivel del 404, agitaba

los brazos y le mostraba su muñeca. Una mancha roja a la derecha desconcertó al 404; en vez del 2HP de las monjas o del Volkswagen del soldado vio un Chevrolet desconocido, y casi en seguida el Chevrolet se adelantó seguido por un Lancia y por un Renault 8. A su izquierda se le apareaba un ID que empezaba a sacarle ventaja metro a metro, pero antes de que fuera sustituido por un 403, el 404 alcanzó a distinguir todavía en la delantera el 203 que ocultaba ya a Dauphine. El grupo se dislocaba, ya no existía, Taunus debía de estar a más de veinte metros adelante, seguido de Dauphine; al mismo tiempo la tercera fila de la izquierda se atrasaba porque en vez del DKW del viajante, el 404 alcanzaba a ver la parte trasera de un viejo furgón negro, quizá un Citroën o un Peugeot. Los autos corrían en tercera, adelantándose o perdiendo terreno según el ritmo de su fila, y a los lados de la autopista se veían huir los árboles, algunas casas entre las masas de nieve y el anochecer. Después fueron las luces rojas que todos encendían siguiendo el ejemplo de los que iban adelante, la noche que se cerraba bruscamente. De cuando en cuando sonaban bocinas, las agujas de los velocímetros subían cada vez más, algunas filas corrían a setenta kilómetros, otras a sesenta y cinco, algunas a sesenta. El 404 había esperado todavía que el avance y el retroceso de las filas le permitiera alcanzar otra vez a Dauphine, pero cada minuto lo iba convenciendo de que era inútil, que el grupo se había disuelto irrevocablemente, que ya no volvería a repetirse los encuentros rutinarios, los mínimos rituales, los consejos de guerra en el auto de Taunus, las caricias de Dauphine en la paz de la madrugada, las risas de los niños jugando con sus autos, la imagen de la monja pasando las cuentas del rosario. Cuando se encendieron las luces de los frenos del Simca, el 404 redujo la marcha con un absurdo sentimiento de esperanza, y apenas puesto el freno de mano saltó del auto y corrió hacia adelante. Fuera del Simca y el Beaulieu (más atrás estaría el Caravelle, pero poco le importaba) no reconoció ningún auto; a través de cristales diferentes lo miraban con sorpresa y quizás con escándalo otros rostros que no había visto nunca. Sonaban las bocinas, y el 404 tuvo que volver a su auto; el chico del Simca le hizo un gesto amistoso, como si comprendiera, y señaló alentadoramente en dirección de París. La columna volvía a ponerse en marcha, lentamente durante unos minutos y luego como si la autopista estuviera definitivamente libre. A la izquierda del 404 corría un Taunus, y por un segundo al 404 le pareció que el grupo se recomponía, que todo entraba en el orden, que se podría seguir adelante sin destruir nada. Pero era un Taunus verde, y en el volante había una mujer con anteojos ahumados que miraba fijamente hacia adelante. No se podía hacer otra cosa que abandonarse a la marcha, adaptarse mecánicamente a la velocidad de los autos que lo rodeaban, no pensar. En el Volkswagen del soldado debía estar su chaqueta de cuero. Taunus tenía la novela que él había leído en los primeros días. Un frasco de lavanda casi vacío en el 2HP de las monjas. Y él tenía ahí, tocándolo a veces con la mano derecha, el osito de felpa que Dauphine le había regalado como mascota. Absurdamente se aferró a la idea de que a las nueve y media se distribuirían los alimentos, habría que visitar a los enfermos, examinar la situación con Taunus y el campesino del Ariane; después sería la noche, sería Dauphine subiendo sigilosamente a su auto, las estrellas o las nubes, la vida. Sí, tenía que ser así, no era posible que eso hubiera terminado para siempre. Tal vez el soldado consiguiera una ración de agua, que había escaseado en las últimas horas; de todos modos se podía contar con Porsche, siempre que se le pagara el precio que pedía. Y en la antena de la radio flotaba locamente la bandera con la cruz roja, y se corría a ochenta kilómetros por hora hacia las luces que crecían poco a poco, sin que ya se supiera bien por qué tanto apuro, por qué esa carrera en la noche entre autos desconocidos donde nadie sabía nada de los otros, donde todo el mundo miraba fijamente hacia adelante, exclusivamente hacia adelante.

Nos han dado la tierra

Juan Rulfo

NOS HAN DADO LA TIERRA

Después de tantas horas de caminar sin encontrar ni una sombra de árbol, ni una semilla de árbol, ni una raíz de nada, se oye el ladrar de los perros.

Uno ha creído a veces, en medio de este camino sin orillas, que nada habría después; que no se podría encontrar nada al otro lado, al final de esta llanura rajada de grietas y de arroyos secos. Pero sí, hay algo. Hay un pueblo. Se oye que ladran los perros y se siente en el aire el olor del humo, y se saborea ese olor de la gente como si fuera una esperanza.

Pero el pueblo está todavía muy allá. Es el viento el que lo acerca.

Hemos venido caminando desde el amanecer. Ahorita son algo así como las cuatro de la tarde.

Alguien se asoma al cielo, estira los ojos hacia donde está colgado el sol y dice:

–Son como las cuatro de la tarde.

Este alguien es Melitón. Junto con él, vamos Faustino, Esteban y yo. Somos cuatro. Yo los cuento: dos adelante, otros dos atrás. Miro más atrás y no veo a nadie. Entonces me digo: «Somos cuatro». Hace rato, como a eso de las once, éramos veintitantos; pero puñito a puñito se han ido desperdigando hasta quedar nada más este nudo que somos nosotros.

Faustino dice:

–Puede que llueva.

Todos levantamos la cara y miramos una nube negra y pesada que pasa por encima de nuestras cabezas. Y pensamos: «Puede que sí».

No decimos lo que pensamos. Hace ya tiempo que se nos acabaron las ganas de hablar. Se nos acabaron con el calor. Uno platicaría muy a gusto en otra parte, pero aquí cuesta trabajo. Uno platica aquí y las palabras se calientan en la boca con el calor de afuera, y se le resecan a uno en la lengua hasta que acaban con el resuello.

Aquí así son las cosas. Por eso a nadie le da por platicar.

Cae una gota de agua, grande, gorda, haciendo un agujero en la tierra y dejando una plasta como la de un salivazo. Cae sola. Nosotros esperamos a que sigan cayendo más. No llueve. Ahora si se mira el cielo se ve a la nube aguacera corriendo muy lejos, a toda prisa. El viento que viene del pueblo se le arrima empujándola contra las sombras azules de los cerros. Y a la gota caída por equivocación se la come la tierra y la desaparece en su sed.

¿Quién diablos haría este llano tan grande? ¿Para qué sirve, eh?

Hemos vuelto a caminar. Nos habíamos detenido para ver llover. No llovió. Ahora volvemos a caminar. Y a mí se me ocurre que hemos caminado más de lo que llevamos andado. Se me ocurre eso. De haber llovido quizá se me ocurrieran otras cosas. Con todo, yo sé que desde que yo era muchacho, no vi llover nunca sobre el Llano, lo que se llama llover.

No, el Llano no es cosa que sirva. No hay ni conejos ni pájaros. No hay nada. A no ser unos cuantos huizaches trespeleques y una que otra manchita de zacate con las hojas enroscadas; a no ser eso, no hay nada.

Y por aquí vamos nosotros. Los cuatro a pie. Antes andábamos a caballo y traíamos terciada una carabina.

Ahora no traemos ni siquiera la carabina.

Yo siempre he pensado que en eso de quitarnos la carabina hicieron bien. Por acá resulta peligroso andar armado. Lo matan a uno sin avisarle, viéndolo a toda hora con «la 30» amarrada a las correas. Pero los caballos son otro asunto. De venir a caballo ya hubiéramos probado el agua verde del río, y paseado nuestros estómagos por las calles del pueblo para que se les bajara la comida. Ya lo hubiéramos hecho de tener todos aquellos caballos que teníamos. Pero también nos quitaron los caballos junto con la carabina.

Vuelvo hacia todos lados y miro el Llano. Tanta y tamaña tierra para nada. Se le resbalan a uno los ojos al no encontrar cosa que los detenga. Sólo unas cuantas lagartijas salen a asomar la cabeza por encima de sus agujeros, y luego que sienten la tatema del sol corren a esconderse en la sombrita de una piedra. Pero nosotros, cuando tengamos que trabajar aquí, ¿qué haremos para enfriarnos del sol, eh? Porque a nosotros nos dieron esta costra de tepetate para que la sembráramos.

Nos dijeron:

—Del pueblo para acá es de ustedes.

Nosotros preguntamos:

—¿El Llano?

—Sí, el Llano. Todo el Llano Grande.

Nosotros paramos la jeta para decir que el Llano no lo queríamos. Que queríamos lo que estaba junto al río. Del río para allá, por las vegas, donde están esos árboles llamados casuarinas y las paraneras y la tierra buena. No este duro pellejo de vaca que se llama el Llano.

Pero no nos dejaron decir nuestras cosas. El delegado no venía a conversar con nosotros. Nos puso los papeles en la mano y nos dijo:

—No se vayan a asustar por tener tanto terreno para ustedes solos.

—Es que el Llano, señor delegado...

—Son miles y miles de yuntas.

—Pero no hay agua. Ni siquiera para hacer un buche hay agua.

—¿Y el temporal? Nadie les dijo que se les iba a dotar con tierras de riego. En cuanto allí llueva, se levantará el maíz como si lo estiraran.

—Pero, señor delegado, la tierra está deslavada, dura. No creemos que el arado se entierre en esa como cantera que es la tierra del Llano. Habría que hacer agujeros con el azadón para sembrar la semilla y ni aun así es positivo que nazca nada; ni maíz ni nada nacerá.

—Eso manifiéstenlo por escrito. Y ahora váyanse. Es al latifundio al que tienen que atacar, no al Gobierno que les da la tierra.

—Espérenos usted, señor delegado. Nosotros no hemos dicho nada contra el Centro. Todo es contra el Llano... No se puede contra lo que no se puede. Eso es lo que hemos dicho... Espérenos usted para explicarle. Mire, vamos a comenzar por donde íbamos...

Pero él no nos quiso oír.

Así nos han dado esta tierra. Y en este comal acalorado quieren que sembremos semillas de algo, para ver si algo retoña y se levanta. Pero nada se levantará de aquí. Ni zopilotes. Uno los ve allá cada y cuando, muy arriba, volando a la carrera; tratando de salir lo más pronto posible de este blanco terregal endurecido, donde nada se mueve y por donde uno camina como reculando.

Melitón dice:

—Esta es la tierra que nos han dado.

Faustino dice:

—¿Qué?

Yo no digo nada. Yo pienso: «Melitón no tiene la cabeza en su lugar. Ha de ser el calor que lo hace hablar así. El calor que le ha traspasado el sombrero y le ha calentado la cabeza. Y si no, ¿por qué dice lo que dice? ¿Cuál tierra nos han dado, Melitón? Aquí no hay ni la tantita que necesitaría el viento para jugar a los remolinos».

Melitón vuelve a decir:

–Servirá de algo. Servirá aunque sea para correr yeguas.

–¿Cuáles yeguas? –le pregunta Esteban.

Yo no me había fijado bien a bien en Esteban. Ahora que habla, me fijo en él. Lleva puesto un gabán que le llega al ombligo, y debajo del gabán saca la cabeza algo así como una gallina.

Sí, es una gallina colorada la que lleva Esteban debajo del gabán. Se le ven los ojos dormidos y el pico abierto como si bostezara. Yo le pregunto:

–Oye, Teban, ¿dónde pepenaste esa gallina?

–Es la mía –dice él.

–No la traías antes. ¿Dónde la mercaste, eh?

–No la merqué, es la gallina de mi corral.

–Entonces te la trajiste de bastimento, ¿no?

–No, la traigo para cuidarla. Mi casa se quedó sola y sin nadie para que le diera de comer; por eso me la traje. Siempre que salgo lejos cargo con ella.

–Allí escondida se te va a ahogar. Mejor sácala al aire.

Él se la acomoda debajo del brazo y le sopla el aire caliente de su boca. Luego dice:

–Estamos llegando al derrumbadero.

Yo ya no oigo lo que sigue diciendo Esteban. Nos hemos puesto en fila para bajar la barranca y él va mero adelante. Se ve que ha agarrado a la gallina por las patas y la zangolotea a cada rato, para no golpearle la cabeza contra las piedras.

Conforme bajamos, la tierra se hace buena. Sube polvo desde nosotros como si fuera un atajo de mulas lo que bajara por allí; pero nos gusta llenarnos de polvo. Nos gusta. Después de venir durante once horas pisando la dureza del Llano, nos sentimos muy a gusto envueltos en aquella cosa que brinca sobre nosotros y sabe a tierra.

Por encima del río, sobre las copas verdes de las casuarinas, vuelan parvadas de chachalacas verdes. Eso también es lo que nos gusta.

Ahora los ladridos de los perros se oyen aquí, junto a nosotros, y es que el viento que viene del pueblo retacha en la barranca y la llena de todos sus ruidos.

Esteban ha vuelto a abrazar su gallina cuando nos acercamos a las primeras casas. Le desata las patas para desentumecerla, y luego él y su gallina desaparecen detrás de unos tepemezquites.

—¡Por aquí arriendo yo! —nos dice Esteban.

Nosotros seguimos adelante, más adentro del pueblo.

La tierra que nos han dado está allá arriba.

Recuerdo de las sierras

Adolfo Bioy Casares

RECUERDO DE LAS SIERRAS

Yo mismo telegrafié al Gran Hotel para pedir los cuartos –uno para Violeta, otro para mí–, de modo que la repetida e imperturbable frasecita del gerente «De acuerdo a su pedido, reservamos uno solo» me indignó. ¿Cómo quedaba yo ante mi amiga? ¿Podría persuadirla de que no obré con astucia, de que no me aproveché de su confianza, de que no le tendí una trampa? La situación era grave. El Gran Hotel estaba lleno; arrastrar a una señora a un hotelucho contraría mis principios; irme solo equivalía a renunciar, en el acto, no meramente a una esperanza, que bien podría resultar ilusoria, sino al mayor encanto de mi temporada en las sierras. Me había puesto a gritar «¡Que me muestren el telegrama!», cuando Violeta dijo con dulzura:

–A mí no me importa compartir el cuarto, ¿a ti?

La emoción me paralizó. Articulé la palabra «gracias», pero entonces no quedaba nadie para oírla. Eché a correr por los pasillos en pos de Violeta y del gerente. Presentí que nuestro cuarto consistiría, ante todo, en una inaudita cama camera; me equivoqué, era una habitación amplia con dos camas estrechas colocadas, ¡ay!, a cuatro o cinco metros una de otra, paralelamente a paredes opuestas. Aquello no parecía un dormitorio de hotel, sino un dormitorio de quinta. Ustedes conocen el establecimiento: diríase que es la enorme quinta de una enorme familia que ocupa cien habitaciones. En la hora de la llegada, otros habrán mirado con aprehensión la alfombra de tono incierto, que todo lo absorbe, como el mar, los sillones de cretona desvaída, las breves camas de hondo pasado inescrutable y el grisáceo cuarto de baño; para mí, porque me acompañaba la persona que más admiro y que más quiero, los objetos, la casa, el mundo, resplandecían mágicamente. Cuando el gerente cerró la puerta y nos dejó en nuestro cuarto, pensé: «Ahora empieza un período importante de la vida, un período inolvidable».

Entre Violeta, su marido y yo planeamos el viaje. Javier (el marido) me dijo:

—Para las vacaciones de invierno Violeta se va a Córdoba. Yo no puedo acompañarla. ¿No irías tú?

Estaba de más la pregunta.

Recuerdo que esa tarde discutimos acaloradamente sobre la verdad. Según Javier, la verdad es absoluta, una sola; yo creo que es relativa. Con poco tino, y acaso con no mejor lógica, estuve a punto de alegar, como ejemplo de verdad relativa, el viaje proyectado. Las razones de Javier para desear que yo acompañara a Violeta y las mías para acompañarla se excluían mutuamente; sin embargo, unas y otras eran buenas.

Javier supone que Violeta está segura a mi lado. No ignora que la quiero: descuenta que la cuido. No ignora que soy celoso: descuenta que la vigilo. Imagina que ella lo adora: descuenta que no tengo esperanzas. Nos ve como somos: yo, demasiado enamorado para resignarme a una aventura con su mujer; ella, animada y feliz entre los hombres, encantadora, brillante, siempre casta. No hay duda de que Javier conoce los personajes y el planteo, pero mira una sola cara de la verdad. Porque yo miro las dos caras, afirmo que estoy en lo cierto (Dios mío, ¿no estoy demasiado en lo cierto? Si todo es relativo, ¿sé algo?). Sé o creía saber que las mujeres un día caen, como fruto maduro, en los brazos del enamorado constante. Desde luego, no debe uno desacreditarse por demasiada constancia y fidelidad; pero aun así las mujeres caen, porque la vida trae de todo, y cuando llega la hora del abatimiento aparecemos como la roca de salvación, y cuando llega la hora de la incertidumbre acometemos como un general con su ejército. También creo que siempre me mantuve alerta como el general, que no descuidé mi prestigio. ¿Con qué resultado? Una a una confío a Violeta mis aventuras con otras mujeres. Invariablemente las escucha con simpatía y las comenta (sólo conmigo, después de un tiempo) con sarcasmo. En esas pláticas ulteriores pago mis confidencias. Violeta (la muchacha más dulce, menos maldiciente) me convence de la justicia de identificar, en cada oportunidad, a mi cómplice con una mona; en cuanto a mí, me compara con un sátiro y no deja duda de que el sátiro es, de los dos animales, el más ridículo. Al término de la conversación me encuentro irreparablemente derrotado –mi personalidad, mi actividad, mi concepción de la vida, son erróneas–, pero no desespero porque existe Violeta. Quienes no la conozcan no entenderán. Si pienso en ella veo un resplandor, como el que nos anuncia la cercanía de una ciudad cuando viajamos de noche. La imagen es pobre. Toda la gracia, toda la belleza, toda la luz reverberan en mi amiga. Vivir cerca de su esplendor compensa cualquier desventura. Además, cuando me ocurre algo malo, mi primer pensamiento es ¿cómo cobrárselo a Violeta? Fatalmente se lo cobro. Huye el administrador con mis ahorros de años de trabajo, se quema el altillo con los recuerdos de papá, muere mi hermano... ¿Cuál es mi reacción? Llamar a Violeta sin pérdida de tiempo. ¿Para qué? Para obtener un rato de compañía, unas palabras tiernas. Si alguien juzga que me contento con poco, reflexione que todo es relativo, que para mí ese poco significa mucho, significa –los casos mentados lo prueban– que las desgracias me dejan recuerdos preciosos. A veces creo que en lo hondo de mi corazón las busco, las anhelo. Quién diría que un amor de los llamados platónicos, o algo peor, un amor no correspondido, mueva sentimientos tan reales. Por increíble que parezca, esta situación infortunada me llena de un orgullo amargo, pero firme. Yo quiero, celo, espero y sufro sin recompensa alguna, y me figuro que por ello aventajo moralmente a quienes noche a noche reciben su paga. Desde luego, aspiro a ser el amo de Violeta; si no lo consigo, me conformo con la cariñosa familiaridad que la muchacha otorgaría a un pariente que se hubiera criado con ella, al más generoso de sus tíos o al faldero predilecto, entre sus gatos y sus perros. Conformarse no equivale a renunciar. En cuanto el gerente nos dejó en la habitación conté las noches que teníamos por delante y me dije: «Nunca fue más probable mi esperanza, pero si no logro nada guardaré el delicioso recuerdo de haber compartido la intimidad de una mujer». Interrumpiendo estas reflexiones, Violeta propuso:

—Antes de que se acabe el día demos una vuelta.

Bajamos y por una puerta de vidrio, salimos a la galería exterior. Quien mira desde ahí se cree en un barco –un barco rodeado de césped seco y polvoriento– o en Versalles, ya que el jardín se extiende en varios planos, con estanques y con un lago final. Paseamos por aquel Versalles de espinillos retorcidos, de *chalets* alternados con chozas, de *pelouses* de paja, por donde rueda algún bollo de papel de diario, tan reseco que si fuera bizcocho tentaría por lo quebradizo.

—¡Qué aire! –exclamé–. ¿No te parece que dejaste el lumbago en Buenos Aires?

—Nunca tuve lumbago –replicó Violeta.

—Yo sí.

Con agrado encaré el futuro inmediato: vivir plácidamente, en este lugar de convalecencia y ocio, la temporada de convalecencia y ocio que desde hace treinta o cuarenta años pasan aquí los argentinos: toda una tradición de costosa trivialidad.

Llegamos a los confines del parque. En una aureola de polvo inmóvil, un desvencijado camión avanzaba lentamente por una de las calles del pueblo, difundiendo nostálgica música vernácula, interrumpida por amenazadoras afirmaciones del partido gubernista. Hablé con firmeza:

—Volvamos a nuestro edén. Un tecito bien caliente confortará.

Servían el té –tibio, desde luego, en tazones cuya loza estaba impregnada del aroma de leches anteriores, con galletitas húmedas y con rebanadas de pan lactal tostadas quién sabe cuándo– en el salón que tiene el águila embalsamada y el óleo de San Martín. Buena parte de la concurrencia era de ancianos. Me dije: «Me pasaría la vida plácidamente platicando sobre una taza de té. Lástima que las plácidas pláticas no abundan, que el interlocutor me cuenta insulseces y que yo no tengo nada que decir». (Ahora es otra cosa, porque estoy con Violeta). Volvía a mis exclamaciones:

–¡Qué aire! Una gota de este clima tonificaría a un elefante. ¿Confesarás que te has aligerado de treinta años?

Violeta no contestó. ¿Qué podía contestar? Con treinta años menos no habría nacido. La verdad es que por los caminos del amor uno llega a situaciones diversas y, por fin, a la de niñero. ¿Qué digo, por fin? Bastante pronto. ¿No me repiten que estoy en la flor de la vida? El trato diario me induce a imaginar que Violeta y yo tenemos la misma edad, hasta que repentinamente descubro el error. Debiera manejarla como a una niña, pero es Violeta quien maneja. Además, para desdicha de los hombres maduros, el contemporáneo de la amiga tarde o temprano aparece. En esta oportunidad no se trata de uno solo, sino del equipo completo de esquiadores franceses, de paso en Córdoba, invitado por no sé qué repartición del gobierno provisional, en camino a Potrerillo, donde disputará un campeonato.

Hay leguas entre nosotros y la mujer que tenemos al lado. Yo juraría que ninguna persona normal puede fijarse en estos palurdos: aparentemente atraen a toda mujer. Son jóvenes, son fornidos, pero no los mueve sino el deseo o el propósito más inmediato. ¿En sus ojuelos brilla una luz? No lo dudéis; divisaron un vaso de leche, un pan de salud o a la mujer del prójimo. Pertenecen a una familia de animales notables por la estatura, por el corte del pelo, por la abundancia de tricotas. No son idénticos entre sí, de modo que sin mayor esfuerzo distingo al descomunal Petit Bob, a quien juzgué en seguida el más peligroso, y a Pierrot, un sujeto que en todo grupo donde no figura Petit Bob descuella como gigante. Reconozcamos en este Pierrot, un lado sentimental, como lo señalaríamos en un tigre que se adormeciera con la música; sólo que no es por la música, sino por Violeta, que Pierrot entorna los párpados. Perfectamente desdeñoso de mí, con desenvoltura, la corteja en mi presencia (siempre estoy presente). ¡Qué desventaja la del hombre cuyo mayor vigor es intelectual! Si a nuestro alrededor no la aprecian, la inteligencia trabaja en la penumbra, se perturba con resentimiento, deja de existir. Envidio la fuerza brutal. Si resolviera (digamos) pelear a Pierrot, lo peor no sería el polvo de la derrota; lo peor sería no llegar a pelearlo, quedar en el extremo de su brazo, trompeando y pataleando en el aire. Tuve una pesadilla con esto.

Desde un principio los celos me convencían de no esperar nada bueno. Yo miraba con particular aprensión un recinto más o menos ovalado, con olor a zapatería, denominado la *boite*, donde nos reuníamos noche a noche. Cuando Pierrot sacaba a bailar a Violeta, yo me creía perdido, pero ella prontamente demostraba que mis temores eran infundados; no bailaba con Pierrot la próxima pieza: la bailaba con cualquier otro o venía a mi lado a conversar. ¿Cómo agradecer tan delicados escrúpulos, tanta generosidad? No olviden que los celos —los ocultos y los evidentes— resultan odiosos; ejercidos por una persona sin ningún derecho, como yo, son del todo intolerables.

Para huir de mi preocupación recurrí a otras mujeres. A veces logré interesarme. Cuando Violeta bailab yc me decía que no debía seguirla con ojos de perro. Como hay que poner los ojos en alguna parte, las últimas noches miré con aplicación la piel del rostro, de las manos, particularmente de los brazos, de una tal Mónica. Estas cordobesas tienen manos y pies admirables. La misma noche que su marido partió a Buenos Aires, Mónica bebió un litro de *champagne* y me obligó a bailar con ella. Quisiera entender la irritación de Violeta. ¿Proviene de su fastidio contra «la vulgaridad de la lujuria», como ella pretende, o no es ilegítimo hablar de celos? Reflexioné: «Si tiene celos, trata de retenerme; si tiene celos, no es perfecta; si no es perfecta, si es una muchacha como otras, ¿por qué no me ha de querer un día?».

Ahora no debo soñar, debo contar los hechos como ocurrieron. Por de pronto, en la temporada de Córdoba hubo algo más que agonía de sentimientos. Lo cotidiano –andar a pie o a caballo por las sierras, tomar sol y leer San Juan de la Cruz junto al arroyo, descubrir en el aire una fragancia– era prodigioso porque lo compartía con mi amiga. Este último verbo me trae recuerdos que prefiero a todas las sierras y a todas las llanuras del mundo; recuerdos de nuestro cuarto compartido, de ver sobre una silla, como algo corriente, una prenda de mujer, o la imagen de esa mujer cuando se reclina para quitarse las medias y sigue sus piernas con movimiento desganado.

Lamentablemente, a través de las noches, que había imaginado tan promisorias, la esperanza languidecía. También languidecieron los temores. Llegué a una conclusión evidente: si Violeta no cedía conmigo, no cedería con los otros. Por esta falta de temores y de esperanzas procuro explicarme la noche del 15 de julio. Nos creemos el móvil de cuanto ocurre.

El 15, a la hora del desayuno, hablando de cama a cama, Violeta me dijo:

—Hoy podríamos hacer una excursión con don Leopoldo.

—De acuerdo —contesté.

—Podríamos almorzar en las sierras.

A lo largo de la vida he comprobado cuánto agradan los *pic-nics* y toda suerte de meriendas campestres o, por lo menos incómodas, a las mujeres. Yo vuelvo de tales paseos con dolor de cintura, con dolor de estómago, con dolor de cabeza, con las manos sucias. Exclamé:

—¡Idea excelente!

La respuesta fue sincera. Un *pic-nic* con Violeta fatalmente dejaría buenos recuerdos. El norte de mi conducta, sobre todo cuando estoy con una mujer, es lograr abundancia y variedad de recuerdos, ya que éstos constituyen la parte durable de la vida.

—Yo me ocupo de las provisiones —declaró Violeta.

—Yo, de don Leopoldo y de los caballos —contesté.

—No te duermas, no sea que don Leopoldo se vaya con otros.

—¿Con otros? En el hotel no hay más que viejas momias y franceses maturrangos.

Diciendo esto último, yo minaba la posición de mis rivales. Me bañé y salí. En la esquina del almacén *El pasatiempo* encontré a Mónica. No estaba fea.

–Mañana vuelve mi marido –anunció–. ¿Por qué no vienes esta noche a comer a casa?

Respondí con alguna zalamería y con vaguedades para no comprometerme. Mientras proseguía el camino pensaba: «Me miman las mujeres, ando con suerte». Don Leopoldo estaba en su apostadero. Le dije que deseaba alquilar dos caballos y le pregunté si él no nos acompañaría en la excursión. Arreglamos todo sin dificultad.

Cuando converso con don Leopoldo Alvarez me vigilo. Junto a este señor, el hombre de ciudad, tratando de decir muchas cosas rápidamente, gesticulando, descubre su fondo de fantoche. Hasta la misma ropa nos condena. No sabíamos que la nuestra fuera tan flamante ni tan vulgar.

Cada uno montó en su caballo y, con el tercero del cabestro, nos dirigimos al tranco hacia el hotel. Interrogué a don Leopoldo sobre posibles paseos. Enumeró el cerro San Fernando, la Mesada, el Agua escondida, el Agua escondida de los leones (pronunciaba *liones*). Nada más que por el nombre elegí el último.

Como don Leopoldo dio a entender que el paraje no quedaba cerca, expliqué a Violeta la conveniencia de partir inmediatamente. El tiempo es la manzana de la discordia entre hombres y mujeres. Qué talento el de Violeta para demorar. Un poco más de estas peleas y cabría la ilusión de que estábamos casados. No salimos hasta el mediodía. Buena parte del trayecto corresponde a una senda estrecha, empinada, por la ladera a pique de una sierra. Don Leopoldo señalaba a lo lejos los Tres Mogotes, el San Fernando, el Pan de Azúcar.

Eran casi las tres cuando desmontamos, bebimos el agua de la vertiente de los leones, que nos pareció deliciosa, extendimos en el suelo un mantel, fijado por piedras, abrimos las canastas y almorzamos. Al sol no teníamos frío.

Los muchos años de la vida de don Leopoldo habían transcurrido en esa región de las sierras de Córdoba, y él hablaba como si allí cupiera toda la geografía, toda la fauna, toda la flora, toda la historia y toda la leyenda del mundo; la poblaba de tigres, de leones (que al rayar el alba bajaban a beber en la vertiente), de dragones, de hadas, de reyes, aun de labriegos. Por cierto, mi felicidad y mi desventura provienen de Violeta, pero en homenaje al pobre viejo que nos condujo por lugares en armonía con nuestra alma aquella tarde memorable diré que mientras uno estaba con él podía creer que la vida y la dicha era cuestión de un poco de juicio.

Entrada la noche, llegamos al hotel. Dijo Violeta:

–Estoy tan cansada que no tengo ánimo para comer. Voy a meterme en cama.

Pensé que la sabiduría de don Leopoldo me hubiera recomendado no apartarme de Violeta, pero al examinar mis esperanzas perdí la fe. Acaso entendí que Violeta quedaba en lugar seguro y que en alguna medida yo me había comprometido con Mónica. Sin dar explicaciones partí a su casa. El frío, que a la tarde fue un estímulo para nuestra exultación, ahora dolió en la cara y en las piernas.

Mónica pidió que la ayudara a poner la mesa. Me pareció que jugábamos a vivir juntos (agradan estos juegos a un hombre que siempre vivió solo). De cualquier manera, ya fuese porque Mónica no me atraía mayormente, o por la botella de vino tinto que bebimos antes de comer, o por las que después corrieron, apenas guardo del episodio –recibimiento, comida, etc.– un recuerdo de confusión.

Al salir tuve una sorpresa: había nevado. Me encontré en un paisaje de nítida blancura, iluminado por metálica luz lunar. Debió de nevar un buen rato, porque todo estaba cubierto. Con increíble lucidez preví que el frío me despejaría, pero me equivoqué. No sé qué dormidera echó Mónica en su vino tinto. Del otro lado del arroyo, en las inmediaciones del almacén *El pasatiempo*, vi una casita que no tenía el acostumbrado letrero *No se admiten enfermos*, sino uno que entonces me pareció normal y que tal vez fuera (pienso ahora) una fantasía de aquel vino. El letrero rezaba: *Fábrica de grutas*. La demanda de grutas, ¿justifica la proliferación de fábricas por toda la República? Decidí que antes de irme a Buenos Aires trataría de ver nuevamente el letrero; debía averiguar si era real o si lo soñé.

Llegué al hotel, por fin. Creo que sólo estaba despierto para desear que Violeta estuviera dormida y no presenciara mi entrada. El deseo se cumplió. A la luz de la luna, que se filtraba por las entreabiertas cortinas del balcón, vi a Violeta, boca abajo en su cama. Me desvestí con gran esfuerzo y caí en la mía.

Desperté en medio de la noche seguro de que algo había sucedido fuera de mi sueño. Desperté como quien está drogado, como quien, bajo la acción del curare, siente y no puede moverse. Vaya uno a saber qué tenía el vino que me dio Mónica. Otras veces bebí más, pero nunca me ocurrio esto. Después de un rato se entreabrió la puerta. El gigantesco Petit Bob penetró en la habitación, miró a un lado y otro, se dirigió hacia la cama de mi compañera, se detuvo un momento, se inclinó como si bajara desde muy alto, la tomó suavemente de los hombros, la puso boca arriba, se echó encima. No me pregunten cuánto tiempo transcurrió hasta que se levantó el individuo. Lo vi sentarse en el borde de la cama, sacar un atado de cigarrillos, prender uno, ponerlo entre los labios de Violeta, sacar otro, prenderlo para él. En silencio los dos fumaron los cigarrillos, hasta que el hombre dijo:

–Esta noche hay dos que lloran.

Oí, como si me lastimara, la voz de Violeta.

–¿Dos que lloran?

–Dos. Uno es Pierrot, tu enamorado. Lo obligué a que me apostara una comida a que yo no estaría contigo esta noche. Espera afuera, en la nieve. Por lo que he tardado, sabe que perdió.

Oí de nuevo la voz de Violeta.

–Dijiste dos.

–El otro es ese que está en la cama y se hace el dormido, pero vio todo y está llorando.

Instintivamente llevé una mano a los ojos. Toqué piel mojada. Con el revés de la mano me tapé la boca.

Medio sofocado desperté al otro día. Mi primer pensamiento fue interpelar en el acto a Violeta. Debí esperar que la criada descorriera las cortinas, colocara las bandejas del desayuno, primero una y después la otra, llevara las toallas al baño, se fuera. Durante ese tiempo Violeta hablaba de que tuvo frío en la noche, de que se durmió temprano, de que no sabía a qué horas yo había vuelto, con tanta naturalidad –tan idéntica, por así decirlo, a la persona que yo siempre había conocido– que empecé a dudar. Tal vez porque no me atreví a interrogarla, pensé que convenía aguardar el momento oportuno. Me figuré que descubriría todo cuando asistiera al encuentro de Violeta con Petit Bob. La observé implacablemente, disimulando la angustia, el encono, la amargura. No descubrí nada. No hubo encuentro. Violeta y Petit Bob se mostraron indiferentes y lejanos. No ignoro que después del amor el hombre y la mujer suelen rehuirse (lo que no impide que se quieran como animales a los pocos días); pero la verdad es que antes de la noche del 15 de julio tampoco se frecuentaban estos dos. Resolví tener una conversación de hombre a hombre con Pierrot; luego recapacité que por mucho que me hubiera distanciado de Violeta no debía hablar de ella con gente que yo despreciaba.

Ahora estamos en Buenos Aires. Ni siquiera averigüé, antes de venirme, si realmente había en el pueblo una fábrica de grutas. Cuánto daría, sin embargo, por saber que aquella noche todo ocurrió en un sueño provocado por el vino de Mónica. A veces lo creo y me repito que Violeta no pudo cometer esa enormidad. ¿Hubiera sido una enormidad? Por mi culpa –tantas veces le dije: «Todo o nada»–, ceder conmigo hubiera significado abandonar al marido y a los hijos; pero, en medio de la noche, un amor con ese hombre quizá no tuviera para ella mucha importancia, fuera un hecho que luego se daría por no ocurrido. Indudablemente, yo lo entiendo de otro modo, pero no soy parte en el asunto.

En este pueblo no hay ladrones

Gabriel García Márquez

EN ESTE PUEBLO
NO HAY LADRONES

Dámaso regresó al cuarto con los primeros gallos. Ana, su mujer, encinta de seis meses, lo esperaba sentada en la cama, vestida y con zapatos. La lámpara de petróleo empezaba a extinguirse. Dámaso comprendió que su mujer no había dejado de esperarlo un segundo en toda la noche, y que aún en ese momento, viéndolo frente a ella, continuaba esperando. Le hizo un gesto tranquilizador que ella no respondió. Fijó los ojos asustados en el bulto de tela roja que él llevaba en la mano, apretó los labios y se puso a temblar. Dámaso la asió por el corpiño con una violencia silenciosa. Exhalaba un tufo agrio.

Ana se dejó levantar casi en vilo. Luego descargó todo el peso del cuerpo hacia adelante, llorando contra la franela a rayas coloradas de su marido, y lo tuvo abrazado por los riñones hasta cuando logró dominar la crisis.

—Me dormí sentada —dijo—, de pronto abrieron la puerta y te empujaron dentro del cuarto, bañado en sangre.

Dámaso la separó sin decir nada. La volvió a sentar en la cama. Después le puso el envoltorio en el regazo y salió a orinar al patio. Entonces ella soltó los nudos y vio: eran tres bolas de billar, dos blancas y una roja, sin brillo, estropeadas por los golpes.

Cuando volvió al cuarto, Dámaso la encontró en una contemplación intrigada.

—¿Y esto para qué sirve? —preguntó Ana.

El se encogió de hombros.

—Para jugar billar.

Volvió a hacer los nudos y guardó el envoltorio, con la ganzúa improvisada, la linterna de pilas y el cuchillo, en el fondo del baúl. Ana se acostó de cara a la pared sin quitarse la ropa. Dámaso se quitó sólo los pantalones. Estirado en la cama, fumando en la oscuridad, trató de identificar algún rastro de su aventura en los susurros dispersos de la madrugada, hasta que se dio cuenta de que su mujer estaba despierta.

—¿En qué piensas?

—En nada —dijo ella.

La voz, de ordinario matizada de registros baritonales, parecía más densa por el rencor. Dámaso dio una última chupada al cigarrillo y aplastó la colilla en el piso de tierra.

—No había nada más —suspiró—. Estuve adentro como una hora.

–Han debido pegarte un tiro –dijo ella.

Dámaso se estremeció. «Maldita sea» dijo, golpeando con los nudillos el marco de madera de la cama. Buscó a tientas, en el suelo, los cigarrillos y los fósforos.

–Tienes entrañas de burro –dijo Ana–. Has debido tener en cuenta que yo estaba aquí sin poder dormir, creyendo que te traían muerto cada vez que había un ruido en la calle. –Agregó con un suspiro–: Y todo eso para salir con tres bolas de billar.

–En la gaveta no había sino veinticinco centavos.

–Entonces no has debido traer nada.

–El problema era entrar –dijo Dámaso–. No podía venirme con las manos vacías.

–Hubieras cogido cualquier otra cosa.

–No había nada más –dijo Dámaso.

–En ninguna parte hay tantas cosas como en el salón de billar.

–Así parece –dijo Dámaso–. Pero después, cuando uno está allá adentro, se pone a mirar las cosas y a registrar por todos lados y se da cuenta que no hay nada que sirva.

Ella hizo un largo silencio. Dámaso la imaginó con los ojos abiertos, tratando de encontrar algún objeto de valor en la oscuridad de la memoria.

–Tal vez –dijo.

Dámaso volvió a fumar. El alcohol lo abandonaba en ondas concéntricas y él asumía de nuevo el peso, el volumen y la responsabilidad de su cuerpo.

–Había un gato allá adentro –dijo–. Un enorme gato blanco.

Ana se volteó, apoyó el vientre abultado contra el vientre de su marido, y le metió la pierna entre las rodillas. Olía a cebolla.

–¿Estabas muy asustado?

–¿Yo?

–Tú –dijo Ana–. Dicen que los hombres también se asustan.

El la sintió sonreír, y sonrió.

–Un poco –dijo–. No podía aguantar las ganas de orinar.

Se dejó besar sin corresponder. Luego, consciente de los riesgos pero sin arrepentimiento, como evocando los recuerdos de un viaje, le contó los pormenores de su aventura.

Ella habló después de un largo silencio.

–Fue una locura.

–Todo es cuestión de empezar –dijo Dámaso, cerrando los ojos–. Además, para ser la primera vez la cosa no salió tan mal.

El sol calentó tarde. Cuando Dámaso despertó, hacía rato que su mujer estaba levantada. Metió la cabeza en el chorro del patio y la tuvo allí varios minutos, hasta que acabó de despertar. El cuarto formaba parte de una galería de habitaciones iguales e independientes, con un patio común atravesado por alambres de secar ropa. Contra la pared posterior, separados del patio por un tabique de lata, Ana había instalado un anafe para cocinar y calentar las planchas, y una mesita para comer y planchar. Cuando vio acercarse a su marido puso a un lado la ropa planchada y quitó las planchas de hierro del anafe para calentar el café. Era mayor que él, de piel muy pálida, y sus movimientos tenían esa suave eficacia de la gente acostumbrada a la realidad.

Desde la niebla de su dolor de cabeza, Dámaso comprendió que su mujer quería decirle algo con la mirada. Hasta entonces no había puesto atención a las voces del patio.

—No han hablado de otra cosa en toda la mañana —murmuró Ana, sirviéndose el café—. Los hombres se fueron para allá desde hace rato.

Dámaso comprobó que los hombres y los niños habían desaparecido del patio. Mientras tomaba el café, siguió en silencio la conversación de las mujeres que colgaban la ropa al sol. Al final encendió un cigarrillo y salió de la cocina.

—Teresa —llamó.

Una muchacha con la ropa mojada, adherida al cuerpo, respondió al llamado.

—Ten cuidado —dijo Ana—. La muchacha se acercó.

—¿Qué es lo que pasa? —preguntó Dámaso.

—Que se metieron en el salón de billar y cargaron con todo —dijo la muchacha.

Parecía minuciosamente informada. Explicó cómo desmantelaron el establecimiento, pieza por pieza, hasta llevarse la mesa de billar. Hablaba con tanta convicción que Dámaso no pudo creer que no fuera cierto.

—Mierda —dijo, de regreso a la cocina.

Ana se puso a cantar entre dientes. Dámaso recostó un asiento contra la pared del patio, procurando reprimir la ansiedad. Tres meses antes, cuando cumplió 20 años, el bigote lineal, cultivado no sólo con un secreto espíritu de sacrificio sino también con cierta ternura, puso un toque de madurez en su rostro petrificado por la viruela. Desde entonces se sintió adulto. Pero aquella mañana, con los recuerdos de la noche anterior flotando en la ciénaga de su dolor de cabeza, no encontraba por dónde empezar a vivir.

Cuando acabó de planchar, Ana repartió la ropa limpia en dos bultos iguales y se dispuso a salir a la calle.

–No te demores –dijo Dámaso.

–Como siempre.

La siguió hasta el cuarto.

–Ahí te dejo la camisa de cuadros –dijo Ana–. Es mejor que no te vuelvas a poner la franela. –Se enfrentó a los diáfanos ojos de gato de su marido.

–No sabemos si alguien te vio.

Dámaso se secó en el pantalón el sudor de las manos.

–No me vio nadie.

–No sabemos –repitió Ana. Cargaba un bulto de ropa en cada brazo–. Además, es mejor que no salgas. Espera primero que yo dé una vueltecita por allá, como quien no quiere la cosa.

No se hablaba de nada distinto en el pueblo. Ana tuvo que escuchar varias veces, en versiones diferentes y contradictorias, los pormenores del mismo episodio. Cuando acabó de repartir la ropa, en vez de ir al mercado como todos los sábados, fue directamente a la plaza.

No encontró frente al salón de billar tanta gente como imaginaba. Algunos hombres conversaban a la sombra de los almendros. Los sirios habían guardado sus trapos de colores para almorzar, y los almacenes parecían cabecear bajo los toldos de lona. Un hombre dormía desparramado en un mecedor, con la boca y las piernas y los brazos abiertos, en la sala del hotel. Todo estaba paralizado en el calor de las doce.

Ana siguió de largo por el salón de billar, y al pasar por el solar baldío situado frente al puerto se encontró con la multitud. Entonces recordó algo que Dámaso le había contado, que todo el mundo sabía pero que sólo los clientes del establecimiento podían tener presente: la puerta posterior del salón de billar daba al solar baldío. Un momento después, protegiéndose el vientre con los brazos, se encontró confundida con la multitud, los ojos fijos en la puerta violada. El candado estaba intacto, pero una de las argollas había sido arrancada como una muela. Ana contempló por un momento los estragos de aquel trabajo solitario y modesto, y pensó en su marido con un sentimiento de piedad.

—¿Quién fue?

No se atrevió a mirar en torno suyo.

—No se sabe —le respondieron—. Dicen que fue un forastero.

—Tuvo que ser —dijo una mujer a sus espaldas—. En este pueblo no hay ladrones. Todo el mundo conoce a todo el mundo.

Ana volvió la cabeza.

—Así es —dijo sonriendo. Estaba empapada en sudor. A su lado había un hombre muy viejo con arrugas profundas en la nuca.

—¿Cargaron con todo? —preguntó ella.

—Doscientos pesos y las bolas de billar —dijo el viejo. La examinó con una atención fuera de lugar—. Dentro de poco habrá que dormir con los ojos abiertos.

Ana apartó la mirada.

—Así es —volvió a decir. Se puso un trapo en la cabeza, alejándose, sin poder sortear la impresión de que el viejo la seguía mirando.

Durante un cuarto de hora, la multitud bloqueada en el solar observó una conducta respetuosa, como si hubiera un muerto detrás de la puerta violada. Después se agitó, giró sobre sí misma, y desembocó en la plaza.

El propietario del salón de billar estaba en la puerta, con el alcalde y dos agentes de la policía. Bajo y redondo, los pantalones sostenidos por la sola presión del estómago y con unos anteojos como los que hacen los niños, parecía investido de una dignidad extenuante.

La multitud lo rodeó. Apoyada contra la pared, Ana escuchó sus informaciones hasta que la multitud empezó a dispersarse. Después regresó al cuarto, congestionada por la sofocación, en medio de una bulliciosa manifestación de vecinos.

Estirado en la cama, Dámaso se había preguntado muchas veces cómo hizo Ana la noche anterior para esperarlo sin fumar. Cuando la vio entrar, sonriente, quitándose de la cabeza el trapo empapado en sudor, aplastó el cigarrillo casi entero en el piso de tierra, en medio de un reguero de colillas, y esperó con mayor ansiedad.

—¿Entonces?

Ana se arrodilló frente a la cama.

—Que además de ladrón eres embustero —dijo.

—¿Por qué?

—Porque me dijiste que no había nada en la gaveta.

Dámaso frunció las cejas.

—No había nada.

—Había doscientos pesos —dijo Ana.

—Es mentira —replicó él, levantando la voz. Sentado en la cama recobró el tono confidencial—. Sólo había veinticinco centavos.

La convenció.

—Es un viejo bandido —dijo Dámaso, apretando los puños—. Se está buscando que le desbarate la cara.

Ana rió con franqueza.

—No seas bruto.

También él acabó por reír. Mientras se afeitaba, su mujer lo informó de lo que había logrado averiguar. La policía buscaba un forastero.

—Dicen que llegó el jueves y que anoche lo vieron dando vueltas por el puerto —dijo—. Dicen que no han podido encontrarlo por ninguna parte. —Dámaso pensó en el forastero que no había visto nunca y por un instante sospechó de él con una convicción sincera.

—Puede ser que se haya ido —dijo Ana.

Como siempre, Dámaso necesitó tres horas para arreglarse. Primero fue la talla milimétrica del bigote. Después el baño en el chorro del patio. Ana siguió paso a paso, con un fervor que nada había quebrantado desde la noche en que lo vio por primera vez, el laborioso proceso de su peinado. Cuando lo vio mirándose al espejo para salir, con la camisa de cuadros rojos, Ana se encontró madura y desarreglada. Dámaso ejecutó frente a ella un pase de boxeo con la elasticidad de un profesional. Ella lo agarró por las muñecas.

—¿Tienes moneda?

—Soy rico —contestó Dámaso de buen humor—. Tengo los doscientos pesos.

Ana se volteó hacia la pared, sacó del seno un rollo de billetes, y le dio un peso a su marido, diciendo:

—Toma, Jorge Negrete.

Aquella noche, Dámaso estuvo en la plaza con el grupo de sus amigos. La gente que llegaba del campo con productos para vender en el mercado del domingo, colgaba toldos en medio de los puestos de frituras y las mesas de lotería, y desde la prima noche se les oía roncar. Los amigos de Dámaso no parecían más interesados por el robo del salón de billar que por la transmisión radial del campeonato de béisbol, que no podrían escuchar esa noche por estar cerrado el establecimiento. Hablando de béisbol, sin ponerse de acuerdo ni enterarse previamente del programa, entraron al cine.

Daban una película de *Cantinflas*. En la primera fila de la galería, Dámaso rió sin remordimientos. Se sentía convaleciente de sus emociones. Era una buena noche de junio, y en los instantes vacíos en que sólo se percibía la llovizna del proyector pesaba sobre el cine sin techo el silencio de las estrellas.

De pronto, las imágenes de la pantalla palidecieron y hubo un estrépito en el fondo de la platea. En la claridad repentina, Dámaso se sintió descubierto y señalado, y trató de correr. Pero en seguida vio al público de la platea, paralizado, y a un agente de la policía, el cinturón enrollado en la mano, que golpeaba rabiosamente a un hombre con la pesada hebilla de cobre. Era un negro monumental. Las mujeres empezaron a gritar, y el agente que golpeaba al negro empezó a gritar por encima de los gritos de las mujeres: «¡Ratero! ¡Ratero!». El negro se rodó por entre el reguero de sillas, perseguido por dos agentes que lo golpearon en los riñones hasta que pudieron trabarlo por la espalda. Luego el que lo había azotado le amarró los codos por detrás con la correa y los tres lo empujaron hacia la puerta. Las cosas sucedieron con tanta rapidez, que Dámaso sólo comprendió lo ocurrido cuando el negro pasó junto a él, con la camisa rota y la cara embadurnada de un amasijo de polvo, sudor y sangre, sollozando: «Asesinos, asesinos». Después apagaron las luces y se reanudó la película.

Dámaso no volvió a reír. Vio retazos de una historia descosida, fumando sin pausas, hasta que se encendió la luz y los espectadores se miraron entre sí, como asustados de la realidad. «Qué buena», exclamó alguien a su lado. Dámaso no lo miró.

–*Cantinflas* es muy bueno –dijo.

La corriente lo llevó hasta la puerta. Las vendedoras de comida, cargadas de trastos, regresaban a casa. Eran más de las once, pero había mucha gente en la calle esperando a que salieran del cine para informarse de la captura del negro.

Aquella noche Dámaso entró al cuarto con tanta cautela, que cuando Ana lo advirtió entre sueños fumaba el segundo cigarrillo, estirado en la cama.

–La comida está en el rescoldo –dijo ella.

–No tengo hambre –dijo Dámaso.

Ana suspiró.

–Soñé que Nora estaba haciendo muñecos de mantequilla –dijo, todavía sin despertar. De pronto cayó en la cuenta de que había dormido sin quererlo y se volvió hacia Dámaso, ofuscada, frotándose los ojos.

–Cogieron al forastero –dijo.

Dámaso se demoró para hablar.

–¿Quién dijo?

–Lo cogieron en el cine –dijo Ana–. Todo el mundo está por aquellos lados.

Contó una versión desfigurada de la captura. Dámaso no la rectificó.

–Pobre hombre –suspiró Ana.

–Pobre por qué –protestó Dámaso, excitado–. ¿Quisieras entonces que fuera yo el que estuviera en el cepo?

Ella lo conocía demasiado para replicar. Lo sintió fumar, respirando como un asmático, hasta que cantaron los primeros gallos. Después lo sintió levantado, trasegando por el cuarto en un trabajo oscuro que parecía más del tacto que de la vista. Después lo sintió raspar el suelo debajo de la cama por más de un cuarto de hora, y después lo sintió desvestirse en la oscuridad, tratando de no hacer ruido, sin saber que ella no había dejado de ayudarlo un instante al hacerle creer que estaba dormida. Algo se movió en lo más primitivo de sus instintos. Ana sabía entonces que Dámaso estuvo en el cine, y comprendió por qué acababa de enterrar las bolas de billar debajo de la cama.

El salón se abrió el lunes y fue invadido por una clientela exaltada. La mesa de billar había sido cubierta con un paño morado que le imprimió al establecimiento un carácter funerario. Pusieron un letrero en la pared: «No hay servicio por falta de bolas». La gente entraba a leer el letrero como si fuera una novedad. Algunos permanecían un largo rato frente a él, releyéndolo con una devoción indescifrable.

Dámaso estuvo entre los primeros clientes. Había pasado una parte de su vida en los escaños destinados a los espectadores del billar, y allí estuvo desde que volvieron a abrirse las puertas. Fue algo tan difícil pero tan momentáneo como un pésame. Le dio una palmadita en el hombro al propietario, por encima del mostrador, y le dijo:

–Qué vaina, don Roque.

El propietario sacudió la cabeza con una sonrisita de aflicción, suspirando: «Ya ves». Y siguió atendiendo la clientela, mientras Dámaso, instalado en uno de los taburetes del mostrador, contemplaba la mesa espectral bajo el sudario morado.

–Qué raro –dijo.

–Es verdad –confirmó un hombre en el taburete vecino–. Parece que estuviéramos en semana santa.

Cuando la mayoría de los clientes se fue a almorzar, Dámaso metió una moneda en el tocadiscos automático y seleccionó un corrido mexicano cuya colocación en el tablero conocía de memoria. Don

Roque trasladaba mesitas y silletas al fondo del salón.

—¿Qué hace? —le preguntó Dámaso.

—Voy a poner barajas —contestó don Roque—. Hay que hacer algo mientras llegan las bolas.

Moviéndose casi a tientas, con una silla en cada brazo, parecía un viudo reciente.

—¿Cuándo llegan? —preguntó Dámaso.

—Antes de un mes, espero.

—Para entonces habrán aparecido las otras —dijo Dámaso.

Don Roque observó satisfecho la hilera de mesitas.

—No aparecerán —dijo, secándose la frente con la manga—. Tienen al negro sin comer desde el sábado y no ha querido decir dónde están. —Midió a Dámaso a través de los cristales empañados por el sudor.

—Estoy seguro que las echó al río.

Dámaso se mordisqueó los labios.

—¿Y los doscientos pesos?

—Tampoco —dijo don Roque—. Sólo le encontraron treinta.

Se miraron a los ojos. Dámaso no habría podido explicar su impresión de que aquella mirada establecía entre él y don Roque una relación de complicidad. Esa tarde, desde el lavadero, Ana lo vio llegar dando saltitos de boxeador. Lo siguió hasta el cuarto.

—Listo —dijo Dámaso—. El viejo está tan resignado que encargó bolas nuevas. Ahora es cuestión de esperar que nadie se acuerde.

–¿Y el negro?

–No es nada –dijo Dámaso, alzándose de hom-
ros–. Si no le encuentran las bolas tienen que sol-
arlo.

Después de la comida, se sentaron a la puerta
je la calle y estuvieron conversando con los vecinos
hasta que se apagó el parlante del cine. A la hora
de acostarse Dámaso estaba excitado.

–Se me ha ocurrido el mejor negocio del mundo
–dijo.

Ana comprendió que él había molido un mismo
pensamiento desde el atardecer.

–Me voy de pueblo en pueblo –continuó Dámaso–. Me robo las bolas de billar en uno y las
vendo en el otro. En todos los pueblos hay un salón
de billar.

–Hasta que te peguen un tiro.

–Qué tiro ni qué tiro –dijo él–. Eso no se ve sino
en las películas. –Plantado en la mitad del cuarto
se ahogaba en su propio entusiasmo. Ana empezó
a desvestirse, en apariencia indiferente, pero en
realidad oyéndolo con una atención compasiva.

–Me voy a comprar una hilera de vestidos –dijo
Dámaso, y señaló con el índice un ropero imagina-
rio del tamaño de la pared–. Desde aquí hasta allí.
Y además cincuenta pares de zapatos.

–Dios te oiga –dijo Ana.

Dámaso fijó en ella una mirada seria.

–No te interesan mis cosas –dijo.

–Están muy lejos para mí –dijo Ana. Apagó la
lámpara, se acostó contra la pared, y agregó con

una amargura cierta–: Cuando tú tengas treinta años yo tendré cuarenta y siete.

–No seas boba –dijo Dámaso.

Se palpó los bolsillos en busca de los fósforos.

–Tú tampoco tendrás que aporrear más ropa –dijo, un poco desconcertado. Ana le dio fuego. Miró la llama hasta que el fósforo se extinguió, y tiró la ceniza. Estirado en la cama, Dámaso siguió hablando.

–¿Sabes de qué hacen las bolas de billar?

Ana no respondió.

–De colmillos de elefantes –prosiguió él–. Son tan difíciles de encontrar que se necesita un mes para que vengan. ¿Te das cuenta?

–Duérmete –lo interrumpió Ana–. Tengo que levantarme a las cinco.

Dámaso había vuelto a su estado natural. Pasaba la mañana en la cama, fumando, y después de la siesta empezaba a arreglarse para salir. Por la noche escuchaba en el salón de billar la transmisión radial del campeonato de béisbol. Tenía la virtud de olvidar sus proyectos con tanto entusiasmo como necesitaba para concebirlos.

–¿Tienes plata? –preguntó el sábado a su mujer.

–Once pesos –respondió ella. Y agregó suavemente–: Es la plata del cuarto.

–Te propongo un negocio.

–¿Qué?

–Préstamelos.

–Hay que pagar el cuarto.

–Se paga después.

Ana sacudió la cabeza. Dámaso la agarró por la muñeca y le impidió que se levantara de la mesa, donde acababan de desayunar.

–Es por pocos días –dijo acariciándole el brazo con una ternura distraída–. Cuando venda las bolas tendremos plata para todo.

Ana no cedió. Esa noche, en el cine, Dámaso no le quitó la mano del hombro ni siquiera cuando conversó con sus amigos en el intermedio. Vieron la película a retazos. Al final, Dámaso estaba impaciente.

–Entonces tendré que robarme la plata –dijo.

Ana se encogió de hombros.

–Le daré un garrotazo al primero que encuentre –dijo Dámaso empujándola por entre la multitud que abandonaba el cine–. Así me llevarán a la cárcel por asesino.

Ana sonrió en su interior. Pero continuó inflexible. A la mañana siguiente, después de una noche tormentosa, Dámaso se vistió con una urgencia ostensible y amenazante. Pasó junto a su mujer, gruñendo:

–No vuelvo más nunca.

Ana no pudo reprimir un ligero temblor.

–Feliz viaje –gritó.

Después del portazo empezó para Dámaso un domingo vacío e interminable. La vistosa cacharrería del mercado público y las mujeres vestidas de colores brillantes que salían con sus niños de la misa de ocho, ponían toques alegres en la plaza, pero el aire empezaba a endurecerse de calor.

Pasó el día en el salón de billar. Un grupo de hombres jugaban a las cartas en la mañana y antes del almuerzo hubo una afluencia momentánea. Pero era evidente que el establecimiento había perdido su atractivo. Sólo al anochecer, cuando empezaba la transmisión de béisbol, recobraba un poco de su antigua animación.

Después de que cerraron el salón, Dámaso se encontró sin rumbo en una plaza que parecía desangrarse. Descendió por la calle paralela al puerto, siguiendo el rastro de una música alegre y remota. Al final de la calle había una sala de baile enorme y escueta, adornada con guirnaldas de papel descolorido, y al fondo de la sala una banda de músicos sobre una tarima de madera. Adentro flotaba un sofocante olor a carmín de labios.

Dámaso se instaló en el mostrador. Cuando terminó la pieza, el muchacho que tocaba los platillos en la banda recogió monedas entre los hombres que habían bailado. Una muchacha abandonó su pareja en el centro del salón y se acercó a Dámaso.

—Qué hubo, Jorge Negrete.

Dámaso la sentó a su lado. El cantinero, empolvado y con un clavel en la oreja, preguntó en falsete:

—¿Qué toman?

La muchacha se dirigió a Dámaso.

—¿Qué tomamos?

—Nada.

—Es por cuenta mía.

—No es eso —dijo Dámaso—. Tengo hambre.

—Lástima —suspiró el cantinero—. Con esos ojos.

Pasaron al comedor en el fondo de la sala. Por la forma del cuerpo de la muchacha parecía excesivamente joven, pero la costra de polvos y colorete y el barniz de los labios impedían conocer su verdadera edad. Después de comer, Dámaso la siguió al cuarto, al fondo de un patio oscuro donde se sentía la respiración de los animales dormidos. La cama estaba ocupada por un niño de pocos meses envuelto en trapos de colores. La muchacha puso los trapos en una caja de madera, acostó al niño dentro, y luego puso la caja en el suelo.

–Se lo van a comer los ratones –dijo Dámaso.

–No se lo comen –dijo ella.

Se cambió el traje rojo por uno más descotado con grandes flores amarillas.

–¿Quién es el papá? –preguntó Dámaso.

–No tengo la menor idea –dijo ella–. Y después, desde la puerta–: Vuelvo en seguida.

La oyó cerrar el candado. Fumó varios cigarrillos, tendido boca arriba y con la ropa puesta. El lienzo de la cama vibraba al compás del mambo. No supo en qué momento se durmió. Al despertar, el cuarto parecía más grande en el vacío de la música.

La muchacha se estaba desvistiendo frente a la cama.

–¿Qué hora es?

–Como las cuatro –dijo ella–. ¿No ha llorado el niño?

–Creo que no –dijo Dámaso.

La muchacha se acostó muy cerca de él, escrutándolo con los ojos ligeramente desviados mientras le desabotonaba la camisa. Dámaso comprendió que ella había estado bebiendo en serio. Trató de apagar la lámpara.

–Déjala así –dijo ella–. Me encanta mirarte los ojos.

El cuarto se llenó de ruidos rurales desde el amanecer. El niño lloró. La muchacha lo llevó a la cama y le dio de mamar, cantando entre dientes una canción de tres notas, hasta que todos se durmieron. Dámaso no se dio cuenta de que la muchacha despertó hacia las siete, salió del cuarto y regresó sin el niño.

–Todo el mundo se va para el puerto –dijo.

Dámaso tuvo la sensación de no haber dormido más de una hora en toda la noche.

–¿A qué?

–A ver al negro que se robó las bolas –dijo ella–. Hoy se lo llevan.

Dámaso encendió un cigarrillo.

–Pobre hombre –suspiró la muchacha.

–Pobre por qué –dijo Dámaso–. Nadie lo obligó a ser ratero.

La muchacha pensó un momento con la cabeza apoyada en el pecho. Dijo en voz muy baja:

–No fue él.

–Quién dijo.

–Yo lo sé –dijo ella–. La noche que se metieron en el salón de billar, el negro estaba con Gloria, y pasó todo el día siguiente en su cuarto hasta por la noche. Después vinieron diciendo que lo habían cogido en el cine.

–Gloria se lo puede decir a la policía.

–El negro se lo dijo –dijo ella–. El alcalde vino donde Gloria, volteó el cuarto al derecho y al revés, y dijo que la iba a llevar a la cárcel por cómplice. Al fin se arregló por veinte pesos.

Dámaso se levantó antes de las ocho.

–Quédate –le dijo la muchacha–. Voy a matar una gallina para el almuerzo.

Dámaso sacudió la peinilla en la palma de la mano antes de guardársela en el bolsillo posterior del pantalón.

–No puedo –dijo, atrayendo a la muchacha por las muñecas. Ella se había lavado la cara, y era en verdad muy joven, con unos ojos grandes y negros que le daban un aire desamparado. Lo abrazó por la cintura.

–Quédate –insistió.

–¿Para siempre?

Ella se ruborizó ligeramente, y lo separó.

–Embustero –dijo.

Ana se sentía agotada aquella mañana. Pero se contagió de la excitación del pueblo. Recogió más a prisa que de costumbre la ropa para lavar esa semana, y se fue al puerto a presenciar el embarque del negro. Una multitud impaciente esperaba frente a las lanchas listas para zarpar. Allí estaba Dámaso.

Ana lo hurgó con los índices por los riñones.

–¿Qué haces aquí? –preguntó Dámaso dando un salto.

–Vine a despedirte –dijo Ana.

Dámaso golpeó con los nudillos un poste del alumbrado público.

–Maldita sea –dijo.

Después de encender el cigarrillo arrojó al río la cajetilla vacía. Ana sacó otra del corpiño y se la metió en el bolsillo de la camisa. Dámaso sonrió por primera vez.

–Eres burra –dijo.

–Ja, ja –hizo Ana.

Poco después embarcaron al negro. Lo llevaron por el medio de la plaza, las muñecas amarradas a la espalda con una soga tirada por un agente de la policía. Otros dos agentes armados de fusiles caminaban a su lado. Estaba sin camisa, el labio inferior partido y una ceja hinchada, como un boxeador. Esquivaba las miradas de la multitud con una dignidad pasiva. En la puerta del salón de billar, donde se había concentrado la mayor cantidad de público para participar de los dos extremos del espectáculo, el propietario lo vio pasar moviendo la cabeza en silencio. El resto de la gente lo observó con una especie de fervor.

La lancha zarpó en seguida. El negro iba en el techo, amarrado de pies y manos a un tambor de petróleo. Cuando la lancha dio la vuelta en la mitad del río y pitó por última vez, la espalda del negro lanzó un destello.

–Pobre hombre –murmuró Ana.

–Criminales –dijo alguien cerca de ella–. Un ser humano no puede aguantar tanto sol.

Dámaso localizó la voz en una mujer extraordinariamente gorda, y empezó a moverse hacia la plaza.

–Hablas mucho –susurró al oído de Ana–. Lo único que falta es que te pongas a gritar el cuento.

–Por lo menos anda a cambiarte –le dijo al abandonarlo–. Pareces un pordiosero.

La novedad había llevado al salón una clientela alborotada. Tratando de atender a todos, don Roque servía a varias mesas al mismo tiempo. Dámaso esperó a que pasara junto a él.

–¿Quiere que lo ayude?

Don Roque le puso enfrente media docena de botellas de cerveza con los vasos embocados en el cuello.

–Gracias, hijo.

Dámaso llevó las botellas a la mesa. Tomó varios pedidos, y siguió trayendo y llevando botellas, hasta que la clientela se fue a almorzar. Por la madrugada, cuando volvió al cuarto, Ana comprendió que había estado bebiendo. Le cogió la mano y se la puso en el vientre de ella.

–Tienta aquí –le dijo–. ¿No sientes?

Dámaso no dio ninguna muestra de entusiasmo.

–Ya está vivo –dijo Ana–. Se pasa la noche dándome pataditas por dentro.

Pero él no reaccionó. Concentrado en sí mismo, salió al día siguiente muy temprano y no volvió hasta la medianoche. Así transcurrió la semana. En los escasos momentos que pasaba en la casa, fumando acostado, esquivaba la conversación. Ana extremó su solicitud. En cierta ocasión, al principio de la vida en común, él se había comportado de igual modo, y entonces ella no lo conocía tanto como para no intervenir. Acaballado sobre ella en la cama, Dámaso la había golpeado hasta hacerla sangrar.

Esta vez esperó. Por la noche ponía junto a la lámpara una cajetilla de cigarrillos, sabiendo que él era capaz de soportar el hambre y la sed, pero no la necesidad de fumar. Por fin, a mediados de julio, Dámaso regresó al cuarto al atardecer. Ana se inquietó, pensando que él debía estar muy aturdido cuando venía a buscarla a esa hora. Comieron sin hablar. Pero antes de acostarse, Dámaso estaba ofuscado y blando, y dijo espontáneamente:

—Me quiero ir.

—¿Para dónde?

—Para cualquier parte.

Ana examinó el cuarto. Las carátulas de revistas que ella misma había recortado y pegado en las paredes hasta empapelarlas por completo con litografías de actores de cine, estaban gastadas y sin color. Había perdido la cuenta de los hombres que paulatinamente, de tanto mirarlos desde la cama, se habían ido llevando esos colores.

—Estás aburrido conmigo —dijo.

—No es eso —dijo Dámaso—. Es este pueblo.

—Es un pueblo como todos.

—No se pueden vender las bolas —dijo Dámaso.

—Deja esas bolas tranquilas —dijo Ana—. Mientras Dios me dé fuerzas para aporrear ropa no tendrás que andar aventurando. —Y agregó suavemente después de una pausa: —No sé cómo se te ocurrió meterte en eso.

Dámaso terminó el cigarrillo antes de hablar.

—Era tan fácil que no me explico cómo no se le ocurrió a nadie —dijo.

–Por la plata –admitió Ana–. Pero nadie hubiera sido tan bruto de traerse las bolas.

–Fue sin pensarlo –dijo Dámaso–. Ya me venía cuando las vi detrás del mostrador, metidas en su cajita, y pensé que todo eso era mucho trabajo para venirme con las manos vacías.

–La mala hora –dijo Ana.

Dámaso experimentaba una sensación de alivio.

–Y mientras tanto no llegan las nuevas –dijo–. Mandaron decir que ahora son más caras y don Roque dice que así no es negocio. –Encendió otro cigarrillo, y mientras hablaba sentía que su corazón se iba desocupando de una materia oscura.

Contó que el propietario había decidido vender la mesa de billar. No valía mucho. El paño roto por las audacias de los aprendices había sido remendado con cuadros de diferentes colores y era necesario cambiarlo por completo. Mientras tanto, los clientes del salón, que habían envejecido en torno al billar, no tenían ahora más diversión que las transmisiones del campeonato de béisbol.

–Total –concluyó Dámaso–, que sin quererlo nos tiramos al pueblo.

–Sin ninguna gracia –dijo Ana.

–La semana entrante se acaba el campeonato –dijo Dámaso.

–Y eso no es lo peor. Lo peor es el negro.

Acostada en su hombro, como en los primeros tiempos, sabía en qué estaba pensando su marido. Esperó a que terminara el cigarrillo. Después, con voz cautelosa, dijo:

–Dámaso.

—¿Qué pasa?

—Devuélvelas.

El encendió otro cigarrillo.

—Eso es lo que estoy pensando hace días —dijo—. Pero la vaina es que no encuentro cómo.

Así que decidieron abandonar las bolas en un lugar público. Ana pensó luego que eso resolvía el problema del salón de billar, pero dejaba pendiente el del negro. La policía habría podido interpretar el hallazgo de muchos modos sin absolverlo. No descartaba tampoco el riesgo de que las bolas fueran encontradas por alguien que en vez de devolverlas se quedara con ellas para negociarlas.

—Ya que se van a hacer las cosas —concluyó Ana—, es mejor hacerlas bien hechas.

Desenterraron las bolas. Ana las envolvió en periódicos, cuidando de que el envoltorio no revelara la forma del contenido, y las guardó en el baúl.

—Es cosa de esperar una ocasión —dijo.

Pero en espera de la ocasión transcurrieron dos semanas. La noche del 20 de agosto —dos meses después del asalto— Dámaso encontró a don Roque sentado detrás del mostrador, sacudiéndose los zancudos con un abanico de palma. Su soledad parecía más intensa con la radio apagada.

—Te lo dije —exclamó don Roque con un cierto alborozo por el pronóstico cumplido—. Esto se fue al carajo.

Dámaso puso una moneda en el tocadiscos automático. El volumen de la música y el sistema de colores del aparato le parecieron una ruidosa prueba de su lealtad. Pero tuvo la impresión de que don Roque no lo advirtió. Entonces acercó un asiento y trató de consolarlo con argumentos ofuscados que el propietario trituraba sin emoción, al compás negligente de su abanico.

–No hay nada que hacer –decía–. El campeonato de béisbol no podía durar toda la vida.

–Pero pueden aparecer las bolas.

–No aparecerán.

–El negro no pudo habérselas comido.

–La policía buscó por todas partes –dijo don Roque con una certidumbre desesperante–. Las echó al río.

–Puede suceder un milagro.

–Déjate de ilusiones, hijo –replicó don Roque–. Las desgracias son como un caracol. ¿Tú crees en los milagros?

–A veces –dijo Dámaso.

Cuando abandonó el establecimiento aún no habían salido del cine. Los diálogos enormes y rotos del parlante resonaban en el pueblo apagado, y en las pocas casas que permanecían abiertas había algo de provisional. Dámaso erró un momento por los lados del cine. Después fue al salón de baile.

La banda tocaba por un solo cliente que bailaba con dos mujeres al tiempo. Las otras, juiciosamente sentadas contra la pared, parecían a la espera de una carta. Dámaso ocupó una mesa, hizo señal al cantinero de que le sirviera una cerveza, y la bebió en la botella con breves pausas para respirar, observando como a través de un vidrio al hombre que bailaba con las dos mujeres. Era más pequeño que ellas.

A la medianoche llegaron las mujeres que estaban en el cine, perseguidas por un grupo de hombres. La amiga de Dámaso que hacía parte del grupo, abandonó a los otros y se sentó a su mesa.

Dámaso no la miró. Se había tomado media docena de cervezas y continuaba con la vista fija en el hombre que ahora bailaba con tres mujeres, pero sin ocuparse de ellas, divertido con las filigranas de sus propios pies. Parecía feliz, y era evidente que habría sido aún más feliz si además de las piernas y los brazos hubiera tenido una cola.

—No me gusta ese tipo —dijo Dámaso.

—Entonces no lo mires —dijo la muchacha.

Pidió un trago al cantinero. La pista empezó a llenarse de parejas, pero el hombre de las tres mujeres siguió sintiéndose solo en el salón. En una vuelta se encontró con la mirada de Dámaso, imprimió mayor dinamismo a su baile, y le mostró en una sonrisa sus dientecillos de conejo. Dámaso sostuvo la mirada sin parpadear, hasta que el hombre se puso serio y le volvió la espalda.

—Se cree muy alegre —dijo Dámaso.

—Es muy alegre —dijo la muchacha—. Siempre que viene al pueblo coge la música por su cuenta, como todos los agentes viajeros.

Dámaso volvió hacia ella los ojos desviados.

—Entonces vete con él —dijo—. Donde comen tres comen cuatro.

Sin replicar, ella apartó la cara hacia la pista de baile, tomando el trago a sorbos lentos. El traje amarillo pálido acentuaba su timidez.

Bailaron la tanda siguiente. Al final, Dámaso estaba denso.

–Me estoy muriendo de hambre –dijo la muchacha, llevándolo por el brazo hacia el mostrador–. Tú también tienes que comer. –El hombre alegre venía con las tres mujeres en sentido contrario.

–Oiga –le dijo Dámaso.

El hombre le sonrió sin detenerse. Dámaso se soltó del brazo de su compañera y le cerró el paso.

–No me gustan sus dientes.

El hombre palideció, pero seguía sonriendo.

–A mí tampoco –dijo.

Antes de que la muchacha pudiera impedirlo, Dámaso le descargó un puñetazo en la cara y el hombre cayó sentado en el centro de la pista. Ningún cliente intervino. Las tres mujeres abrazaron a Dámaso por la cintura, gritando, mientras su compañera lo empujaba hacia el fondo del salón. El hombre se incorporaba con la cara descompuesta por la impresión. Saltó como un mono en el centro de la pista y gritó:

–¡Que siga la música!

Hacia las dos, el salón estaba casi vacío, y las mujeres sin clientes empezaron a comer. Hacía calor. La muchacha llevó a la mesa un plato de arroz con fríjoles y carne frita, y comió todo con una cuchara. Dámaso la miraba con una especie de estupor. Ella tendió hacia él una cucharada de arroz.

–Abre la boca.

Dámaso apoyó el mentón en el pecho y sacudió la cabeza.

–Eso es para las mujeres –dijo–. Los machos no comemos.

Tuvo que apoyar las manos en la mesa para levantarse. Cuando recobró el equilibrio el. cantinero estaba cruzado de brazos frente a él.

–Son nueve con ochenta –dijo–. Este convento no es del gobierno.

Dámaso lo apartó.

–No me gustan los maricas –dijo.

El cantinero lo agarró por la manga, pero a una señal de la muchacha lo dejó pasar, diciendo:

–Pues no sabes lo que te pierdes.

Dámaso salió dando tumbos. El brillo misterioso del río bajo la luna abrió una hendija de lucidez en su cerebro. Pero se cerró en seguida. Cuando vio la puerta de su cuarto, al otro lado del pueblo, Dámaso tuvo la certidumbre de haber dormido caminando. Sacudió la cabeza. De un modo confuso pero urgente se dio cuenta de que a partir de ese instante tenía que vigilar cada uno de sus movimientos. Empujó la puerta con cuidado para impedir que crujieran los goznes.

Ana lo sintió registrando el baúl. Se volteó contra la pared para evitar la luz de la lámpara, pero luego se dio cuenta de que su marido no se estaba desvistiendo. Un golpe de clarividencia la sentó en la cama.

Dámaso estaba junto al baúl, con el envoltorio de las bolas y la linterna en la mano.

Se puso el índice en los labios.

Ana salió de la cama. «Estás loco», susurró corriendo hacia la puerta. Rápidamente pasó la tranca.

Dámaso se guardó la linterna en el bolsillo del pantalón junto con el cuchillito y la lima afilada, y avanzó hacia ella con el envoltorio apretado bajo el brazo. Ana apoyó la espalda contra la puerta.

—De aquí no sales mientras yo esté viva —murmuró.

Dámaso trató de apartarla.

—Quítate —dijo.

Ana se agarró con las dos manos al marco de la puerta. Se miraron a los ojos sin parpadear.

—Eres un burro —murmuró Ana—. Lo que Dios te dio en ojos te lo quitó en sesos.

Dámaso la agarró por el cabello, torció la muñeca y le hizo bajar la cabeza, diciendo con los dientes apretados:

—Te dije que te quitaras.

Ana lo miró de lado con el ojo torcido como el de un buey bajo el yugo. Por un momento se sintió invulnerable al dolor y más fuerte que su marido, pero él siguió torciéndole el cabello hasta que se le atragantaron las lágrimas.

—Me vas a matar el muchacho en la barriga —dijo.

Dámaso la llevó casi en vilo hasta la cama. Al sentirse libre, ella le saltó por la espalda, lo trabó con las piernas y los brazos, y ambos cayeron en la cama. Habían empezado a perder fuerzas por la sofocación.

—Grito —susurró Ana contra su oído—. Si te mueves me pongo a gritar.

Dámaso bufó en una cólera sorda, golpeándole las rodillas con el envoltorio de las bolas. Ana lanzó un quejido y aflojó las piernas, pero volvió a abrazarse a su cintura para impedirle que llegara a la puerta. Entonces empezó a suplicar.

—Te prometo que yo misma las llevo mañana —decía. Las pondré sin que nadie se dé cuenta.

Cada vez más cerca de la puerta. Dámaso le golpeaba las manos con las bolas. Ella lo soltaba por momentos mientras pasaba el dolor. Después lo abrazaba de nuevo y seguía suplicando.

—Puedo decir que fui yo —decía—. Así como estoy no pueden meterme en el cepo.

Dámaso se liberó.

—Te va a ver todo el pueblo —dijo Ana—. Eres tan bruto que no te das cuenta que hay luna clara. Volvió a abrazarlo antes de que acabara de quitar la tranca. Entonces, con los ojos cerrados, lo golpeó en el cuello y en la cara, casi gritando: «Animal, animal». Dámaso trató de protegerse, y ella se abrazó a la tranca y se la arrebató de las manos. Le lanzó un golpe a la cabeza. Dámaso lo esquivó, y la tranca sonó en el hueso de su hombro como un cristal.

—Puta —gritó.

En ese momento no se preocupaba por no hacer ruido. La golpeó en la oreja con el revés del puño, y sintió el quejido profundo y el denso impacto del cuerpo contra la pared, pero no miró. Salió del cuarto sin cerrar la puerta.

Ana permaneció en el suelo, aturdida por el dolor, y esperó que algo ocurriera en su vientre. Del otro lado de la pared la llamaron con una voz que parecía de una persona enterrada. Se mordió los labios para no llorar. Después se puso en pie y se vistió. No pensó —como no lo había pensado la primera vez— que Dámaso estaba aún frente al cuar-

131

to, diciéndole que el plan había fracasado, y en espera de que ella saliera dando gritos. Pero Ana cometió el mismo error por segunda vez: en lugar de perseguir a su marido, se puso los zapatos, ajustó la puerta y se sentó en la cama a esperar.

Sólo cuando se ajustó la puerta comprendió Dámaso que no podía retroceder. Un alboroto de perros lo persiguió hasta el final de la calle, pero después hubo un silencio espectral. Eludió los andenes, tratando de escapar a sus propios pasos, que sonaban grandes y ajenos en el pueblo dormido. No tuvo ninguna precaución mientras no estuvo en el solar baldío frente a la puerta falsa del salón de billar.

Esta vez no tuvo que servirse de la linterna. La puerta sólo había sido reforzada en el sitio de la argolla violada. Habían sacado un pedazo de madera del tamaño y la forma de un ladrillo, lo habían reemplazado por madera nueva, y habían vuelto a poner la misma argolla. El resto era igual. Dámaso tiró del candado con la mano izquierda, metió el cabo de la lima en la raíz de la argolla que no había sido reforzada, y movió la lima varias veces como una barra de automóvil, con fuerza pero sin violencia, hasta cuando la madera cedió en una quejumbrosa explosión de migajas podridas. Antes de empujar la puerta levantó la hoja desnivelada para amortiguar el rozamiento en los ladrillos del piso. La entreabrió apenas. Por último se quitó los zapatos, los deslizó en el interior junto con el paquete de las bolas, y entró santiguándose en el salón anegado de luna.

En primer término había un callejón oscuro atiborrado de botellas y cajones vacíos. Más allá, bajo el chorro de luna de la claraboya vidriada, estaba la mesa de billar, y luego el revés de los armarios y al final las mesitas y las sillas parapetadas contra el revés de la puerta principal. Todo era igual a la primera vez, salvo el chorro de luna y la nitidez del silencio. Dámaso, que hasta el momento había tenido que sobreponerse a la tensión de los nervios, experimentó una rara fascinación.

Esta vez no se cuidó de los ladrillos sueltos. Ajustó la puerta con los zapatos, y después de atravesar el chorro de luna encendió la linterna para buscar la cajita de las bolas detrás del mostrador. Actuaba sin prevención. Moviendo la linterna de izquierda a derecha vio un montón de frascos polvorientos, un par de estribos con espuelas, una camisa enrollada y sucia de aceite de motor, y luego la cajita de las bolas en el mismo lugar en que la había dejado. Pero no detuvo el haz de luz hasta el final. Allí estaba el gato.

El animal lo miró sin misterio a través de la luz. Dámaso lo siguió enfocando hasta que recordó con un ligero escalofrío que nunca lo había visto en el salón durante el día. Movió la linterna hacia adelante, diciendo «Zape», pero el animal permaneció impasible. Entonces hubo una especie de detonación silenciosa dentro de su cabeza y el gato desapareció por completo de su memoria. Cuando comprendió lo que estaba pasando, ya había soltado la linterna y apretaba el paquete de las bolas contra el pecho. El salón estaba iluminado.

—¡Epa!

Reconoció la voz de don Roque. Se enderezó lentamente sintiendo un cansancio terrible en los riñones. Don Roque avanzaba desde el fondo del salón, en calzoncillos y con una barra de hierro en la mano, todavía ofuscado por la claridad. Había una hamaca colgada detrás de las botellas y los cajones vacíos, muy cerca de donde había pasado

Dámaso al entrar. También eso era distinto a la primera vez.

Cuando estuvo a menos de diez metros, don Roque dio un saltito y se puso en guardia. Dámaso escondió la mano con el paquete. Don Roque frunció la nariz, avanzando la cabeza, para reconocerlo sin anteojos.

—Muchacho —exclamó.

Dámaso sintió como si algo infinito hubiera por fin terminado. Don Roque bajó la barra y se acercó con la boca abierta. Sin lentes y sin la dentadura postiza parecía una mujer.

—¿Qué haces aquí?

—Nada —dijo Dámaso.

Cambió de posición con un imperceptible movimiento del cuerpo.

—¿Qué llevas ahí? —preguntó don Roque.

Dámaso retrocedió.

—Nada —dijo.

Don Roque se puso rojo y empezó a temblar.

—Qué llevas ahí —gritó, dando un paso hacia adelante con la barra levantada. Dámaso le dio el paquete. Don Roque lo recibió con la mano izquierda, sin descuidar la guardia, y lo examinó con los dedos. Sólo entonces comprendió.

—No puede ser —dijo.

Estaba tan perplejo, que puso la barra sobre el mostrador y pareció olvidarse de Dámaso mientras abría el paquete. Contempló las bolas en silencio.

—Venía a ponerlas otra vez —dijo Dámaso.

—Por supuesto —dijo don Roque.

Dámaso estaba lívido. El alcohol lo había abandonado por completo, y sólo le quedaba un sedimento terroso en la lengua y una confusa sensación de soledad.

—Así que éste era el milagro —dijo don Roque, cerrando el paquete—. No puedo creer que seas tan bruto. —Cuando levantó la cabeza había cambiado de expresión.

—¿Y los doscientos pesos?

—No había nada en la gaveta —dijo Dámaso.

Don Roque lo miró pensativo, masticando en el vacío, y después sonrió.

—No había nada —repitió varias veces—. De manera que no había nada. —Volvió a agarrar la barra, diciendo:

—Pues ahora mismo le vamos a echar ese cuento al alcalde.

Dámaso se secó en los pantalones el sudor de las manos.

—Usted sabe que no había nada.

Don Roque siguió sonriendo.

Había doscientos pesos —dijo—. Y ahora te los van a sacar del pellejo, no tanto por ratero como por bruto.

Cuentos latinoamericanos se terminó de imprimir
en julio de 2001, en Litográfica Maico, S.A. de
C.V. Paz Montes de Oca No. 48, C.P. 03340,
México, D.F.